W0207629

Ciencias Sociales

4 primaria

más Savia

Con más Savia puedes disfrutar de recursos digitales y de un entorno donde estarás en contacto con tu profesor y con tus compañeros de clase.

Entrar en smmassavia.com es fácil

Escribe en internet la siguiente dirección: sm**massavia**.com

Regístrate e introduce el **número de licencia** que aparece en la página de la izquierda. Solo debes registrarte una vez.

Anota tu identificador y contraseña para que puedas entrar después de haberte registrado.

Si tienes alguna duda, puedes ponerte en contacto con nuestro Centro Integral de Atención al Cliente (CIAC).

ATENCIÓN AL CLIENTE
TEL.: 902 12 13 23 / 912 080 403
clientes@grupo-sm.com
www.grupo-sm.com

sm

Así aprendes con tu libro

① Agrupa las unidades que tienen contenidos comunes

De esta manera puedes conectar, por ejemplo, cómo el aire, el agua y el relieve forman el planeta Tierra.

Con estas primeras actividades vas a sentir curiosidad por estos temas. Vas a darte cuenta de las cosas que ya sabes sobre ellos y de todo lo que te gustaría saber.

④ Te permite trabajar con el apoyo de tus compañeros

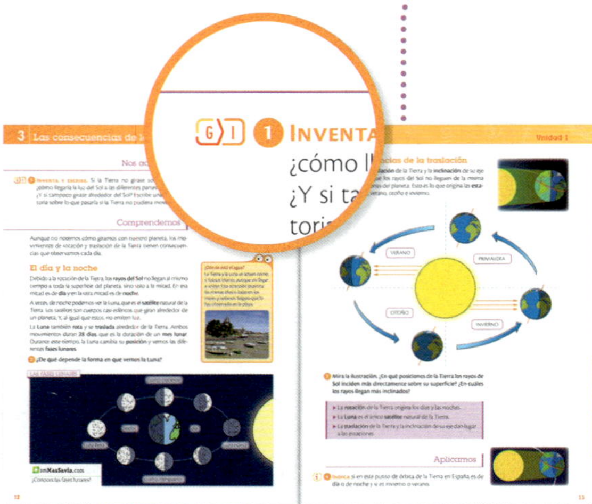

Habrá actividades que resolverás en **equipo** para tener más seguridad. Así, poco a poco, trabajando en **equipo** aprenderás mejor a trabajar tú solo. A esta forma de trabajar la llamamos **Aprendizaje cooperativo**.

Hemos puesto iconos en estas actividades:

- G〉 Lo haces todo en grupo.
- I〉G Empiezas tú solo.
- G〉I Empiezas en grupo.

⑤ Ordena el aprendizaje en 4 momentos clave

Nos activamos	Comprendemos	Aplicamos	Comprobamos lo aprendido
Con actividades que despiertan tu interés y tu curiosidad.	Con textos e imágenes que te ayudan a comprender mejor.	Con actividades para que utilices lo aprendido.	Con actividades para que sepas qué has aprendido y cómo.

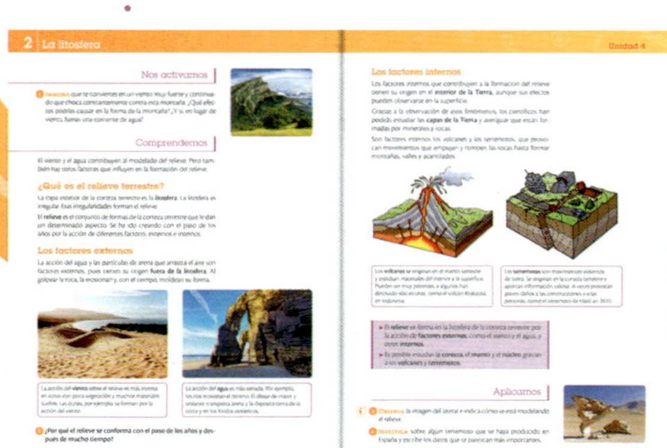

② Te propone metas para saber para qué aprendes

Al inicio de cada grupo de unidades, sabrás qué vas a realizar al final para poner en práctica lo aprendido. Estas actividades se llaman en tu libro **Mejora tu...** Son tareas con las que podrás mejorar tu entorno.

Al comienzo de cada unidad conocerás lo que vas a aprender sobre cada tema en la **ruta de aprendizaje.**

③ Facilita la comprensión de lo que lees y lo que haces

Sabemos que aprendes de muchas maneras diferentes. Por eso, en este libro encontrarás actividades de comprensión lectora, talleres y actividades interactivas en **smMasSavia.com**.
Son actividades que te harán pensar.

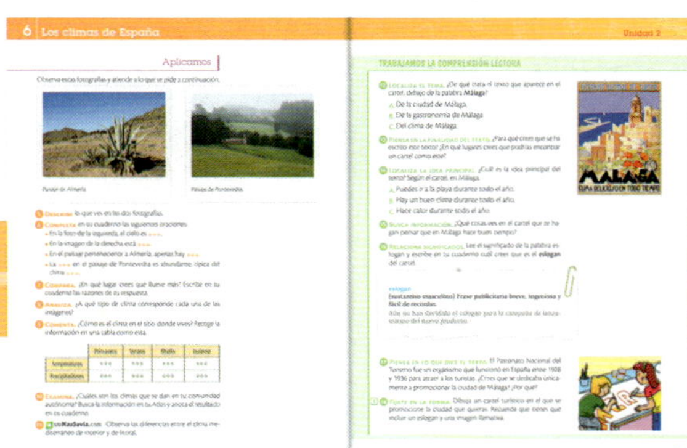

⑥ Te ayuda a saber cómo has aprendido

Al final de cada unidad y de la tarea podrás reflexionar sobre:

– Qué has aprendido y cómo has aprendido mejor.

– Con quién has aprendido y cómo te has sentido.

A esto le llamamos **metacognición**.
Sirve para que poco a poco te conozcas y cada vez puedas aprender mejor.

Índice

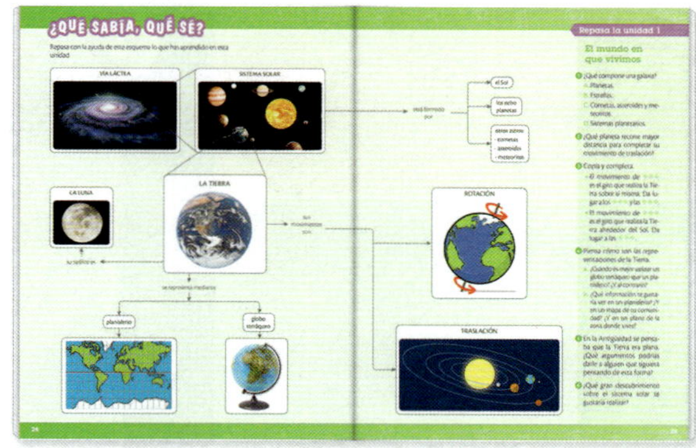
¿QUÉ SABÍA, QUÉ SÉ?

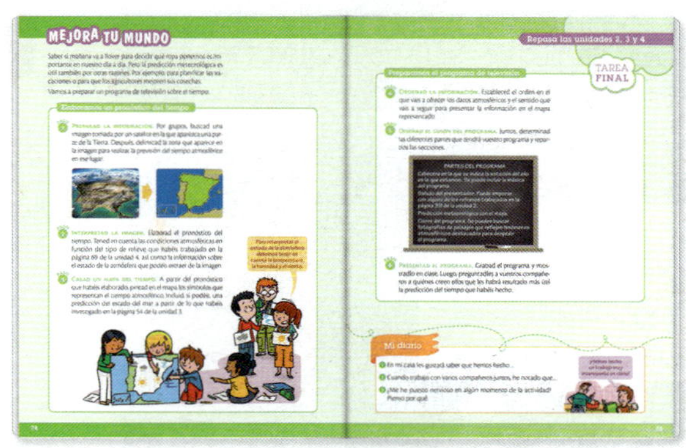
MEJORA TU MUNDO

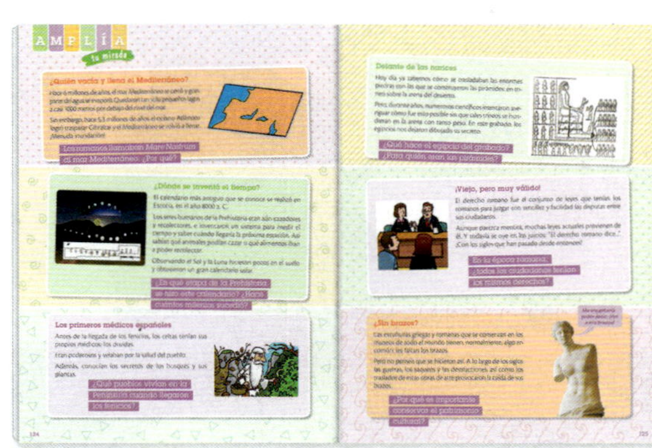
AMPLÍA
tu mirada

El mundo en que vivimos I

Unidad 1
Nuestro planeta en el sistema solar

TAREA FINAL — **Mejora tu colegio**

¿Qué sabía, qué sé?

Amplía tu mirada

1 ¡Un viaje especial!

Las personas siempre queremos conocer cosas nuevas. Y a veces lo más lejano es lo que más curiosidad despierta.

- Si pudieras viajar al espacio, ¿qué cosas te gustaría investigar sobre el sistema solar?
- ¿Cuál de estos sitios preferirías visitar?

2 ¡Sabes más de lo que crees!

Observa la imagen de estos niños de excursión.

- ¿Qué se está proyectando en el techo? ¿Qué planetas aparecen?
- ¿Qué es el Sol dentro del sistema solar?
- Piensa qué elementos hay en el sistema solar y ordénalo en estas dos listas:

Se pueden ver a simple vista desde la Tierra.	No se pueden observar a simple vista desde la Tierra.

3 Sigue haciéndote preguntas

- ¿Dónde crees que están estos niños? Si fueras allí, ¿qué cosas te gustaría averiguar?
- ¿Cómo imaginas que será el paisaje en otros planetas?

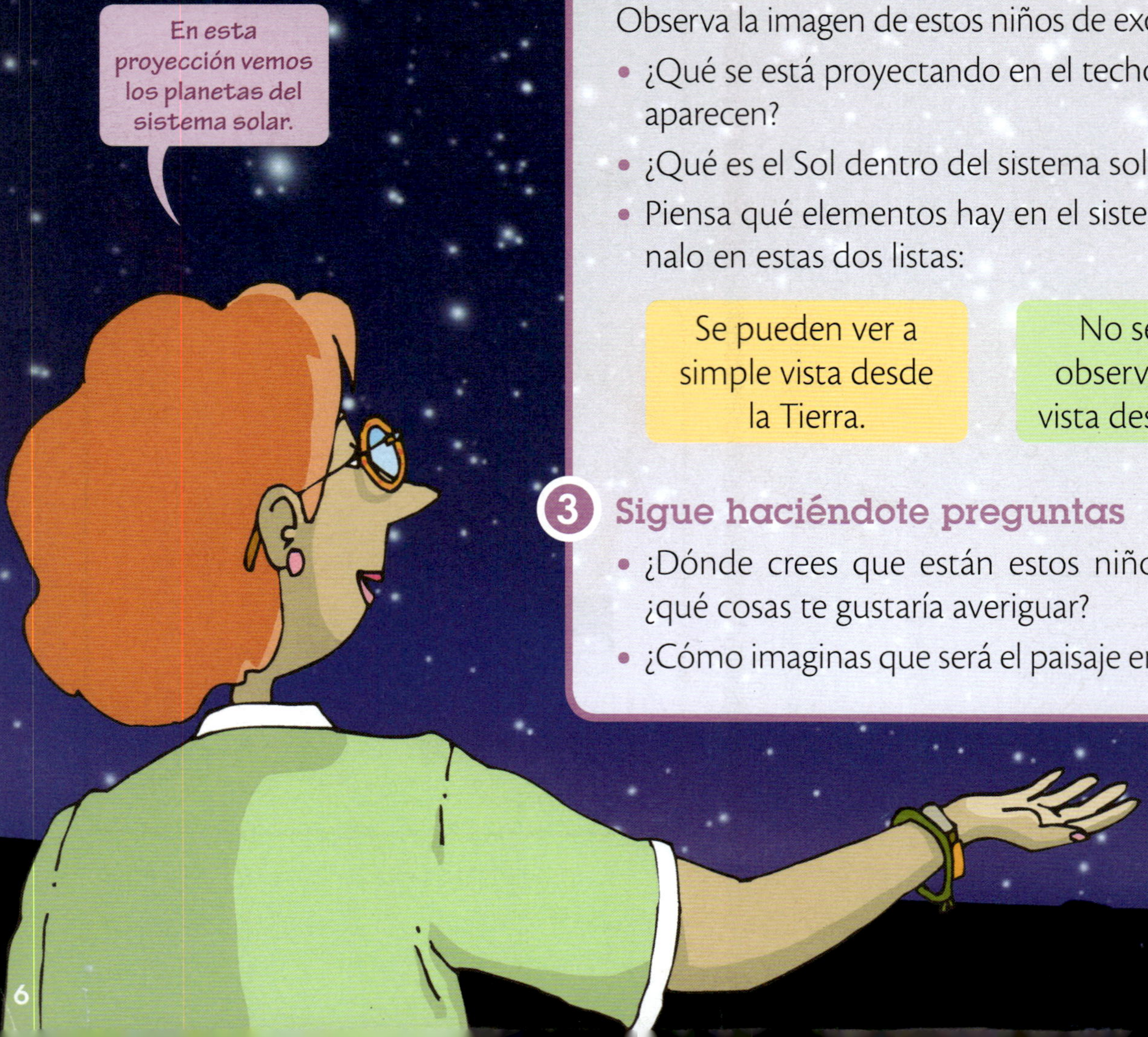

TAREA FINAL

Mejora tu colegio

Serás capaz de organizar una sesión de observación del cielo nocturno en tu colegio para resaltar la importancia del estudio del espacio en nuestra vida.

1 Nuestro planeta en el sistema solar

Conocer el sistema solar y las características del planeta Tierra.

¿Qué podemos encontrar en el sistema solar? ¿Cómo se producen el día y la noche? ¿Cómo influye el sistema solar en el clima del planeta?

Aprender cómo son las representaciones de la Tierra y a orientarnos.

¿Cómo se puede representar la Tierra? ¿Podemos representar en un mapa cualquier parte de la superficie terrestre?

smMasSavia.com
Lo que ya sé.

Nos activamos

1 **RECUERDA LO QUE SABES.** ¿Cuál es la estrella más cercana a nuestro planeta? ¿Crees que podrías llegar a tocarla? ¿Por qué?

Comprendemos

Las estrellas no pueden tocarse porque están muy lejos. La más cercana a la Tierra es el Sol, que está a unos 150 millones de kilómetros.

Nuestro sistema planetario

Una **estrella** es un cuerpo gaseoso situado en el espacio que emite luz y calor. Alrededor de ella pueden girar otros astros, como los **planetas**.

Las estrellas y los planetas que giran a su alrededor forman **sistemas planetarios**. El nuestro es el **sistema solar** y lo componen el **Sol**, la Tierra y otros siete planetas.

A su vez, el sistema solar y otros muchos sistemas planetarios forman una **galaxia**. Una galaxia es un conjunto de estrellas que giran alrededor de su propio centro.

Nuestra galaxia se llama **Vía Láctea** y es solo una de las muchas que forman el **universo**.

2 ¿Qué es una estrella?

3 ¿A qué galaxia pertenece el sistema solar?

¿Cómo son los planetas del sistema solar?

Los **planetas** son cuerpos casi esféricos hechos de roca y gas. No tienen luz propia y giran sobre sí mismos y alrededor del Sol.

Algunos planetas tienen **anillos** que los rodean o **satélites** que orbitan a su alrededor. Además, hay **otros astros** que giran alrededor de las estrellas y los planetas.

- Los **cometas** son cuerpos de roca, polvo y hielo que giran alrededor de una estrella.
- Los **asteroides** son cuerpos rocosos que giran alrededor de una estrella y que carecen de luz propia.
- Los **meteoritos** son pequeños fragmentos de roca que, al entrar en contacto con el aire en la Tierra, se incendian y forman estrellas fugaces.

4 ¿En qué se diferencia un planeta de una estrella? ¿Y un cometa de una estrella fugaz?

> ▶ El **sistema solar** está formado por el **Sol**, los **planetas** y **otros astros**.
>
> ▶ La **galaxia** en la que se integra nuestro sistema solar es la **Vía Láctea**.

OTROS ASTROS

cometa

asteroide

meteorito

Aplicamos

G I 5 **PIENSA Y DIBUJA.** Fíjate en la imagen y haz en tu cuaderno un esquema con círculos concéntricos que representen la integración de estos componentes, uno dentro de otro:

universo > galaxia > sistema planetario > estrella > planeta

smMasSavia.com
Los planetas del sistema solar.

2 ¿Cómo se mueve la Tierra?

Nos activamos

Fíjate en las imágenes y describe cómo son ambos movimientos.

1 **RELACIONA.** ¿Cómo gira el bailarín derviche? ¿A qué movimiento de la Tierra te recuerda?

2 **DEDUCE.** Si las sillas voladoras fuesen planetas, ¿dónde se encontraría el Sol? ¿Qué representan las personas que giran en las sillas?

Comprendemos

Igual que el bailarín gira sobre sí mismo y las sillas no paran de dar vueltas alrededor del centro de la atracción, la Tierra no para de moverse.

La Tierra es el planeta en el que vivimos, y aunque nosotros nos quedemos quietos y no lo sintamos, nuestro planeta está en constante movimiento.

La Tierra gira sobre sí misma

La Tierra es un planeta, por eso gira sobre sí misma. Este movimiento se llama **rotación**. La Tierra rota sobre un **eje inclinado**, que es una línea recta imaginaria que atraviesa la Tierra y une los polos.

Nuestro planeta tarda **un día**, es decir, veinticuatro horas, en completar su rotación.

smMasSavia.com

El movimiento de rotación de la Tierra.

3 **Copia y completa la oración en tu cuaderno:**

La Tierra tarda un ◆◆◆ en completar el movimiento de ◆◆◆.

4 **¿En qué se parece el movimiento de rotación de la Tierra al giro de una peonza?**

La Tierra gira alrededor del Sol

Al igual que hacen el resto de los planetas del sistema solar, la Tierra también gira alrededor del Sol. Este movimiento recibe el nombre de **traslación**. La trayectoria que siguen los planetas en su viaje alrededor del Sol es la **órbita**. La órbita es curva y cerrada.

La Tierra tarda **365 días**, es decir, **un año**, en recorrer toda la órbita y completar así este movimiento de traslación.

LA TRASLACIÓN DE LOS PLANETAS MÁS CERCANOS AL SOL

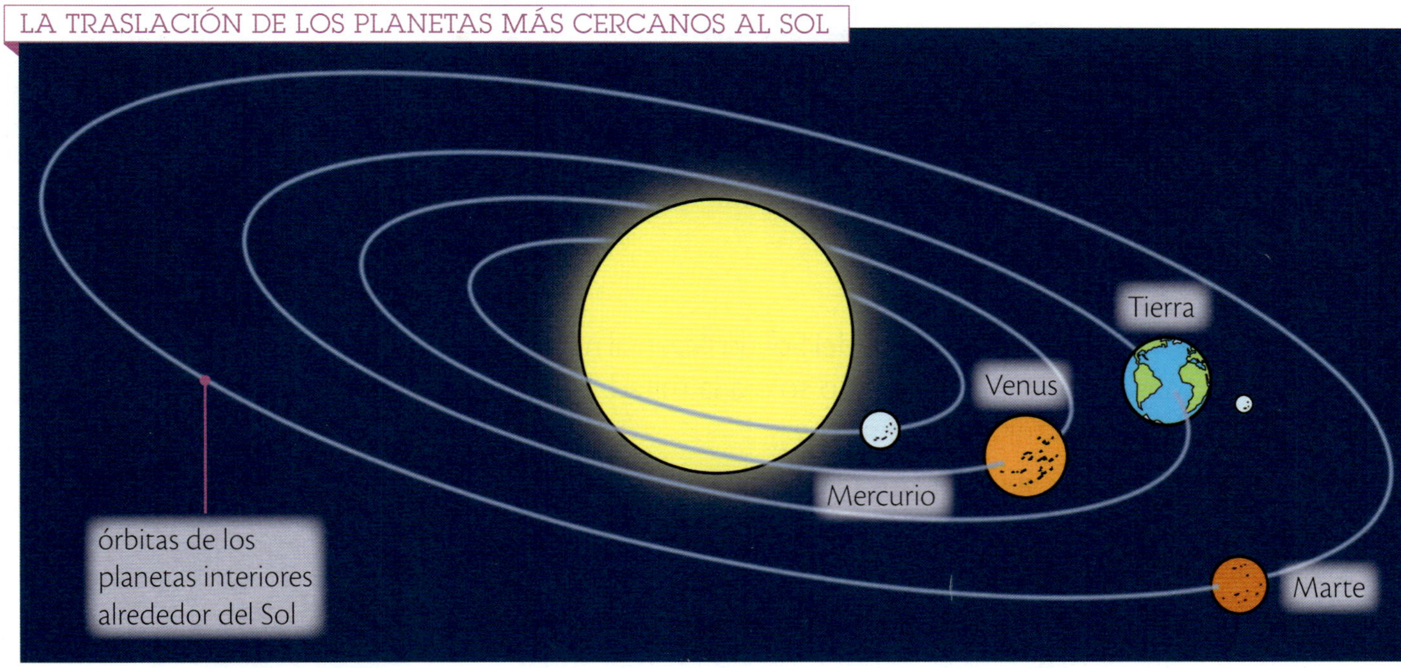

5 **Explica qué es la traslación terrestre y cuál es su duración.**

- El **movimiento de rotación** es el giro de la Tierra sobre su propio eje inclinado. Tarda **un día** en completarse.
- El **movimiento de traslación** es el giro de la Tierra alrededor del Sol. Tarda **un año** en completarse.

Aplicamos

6 **COMPARA.** ¿Cuál es la diferencia entre los movimientos de rotación y traslación que realiza la Tierra?

7 **PRACTICA** los movimientos de la Tierra sobre tu mesa. Usa dos canicas: una representa la Tierra y la otra, el Sol. ¿Qué canica es la que no se mueve? ¿Qué movimiento realiza la canica que representa la Tierra?

8 **IDENTIFICA Y RELACIONA** en tu cuaderno estos términos con el movimiento de la Tierra al que corresponde cada uno.

eje de rotación •	• giro alrededor del Sol
órbita •	• giro sobre sí misma

- Haz un dibujo en tu cuaderno que contenga toda esta información.

Nos activamos

G I **1** **INVENTA Y ESCRIBE.** Si la Tierra no girase sobre sí misma, ¿cómo llegaría la luz del Sol a las diferentes partes del planeta? ¿Y si tampoco girase alrededor del Sol? Escribe una breve historia sobre lo que pasaría si la Tierra no pudiera moverse.

Comprendemos

Aunque no notemos cómo giramos con nuestro planeta, los movimientos de rotación y traslación de la Tierra tienen consecuencias que observamos cada día.

El día y la noche

Debido a la rotación de la Tierra, los **rayos del Sol** no llegan al mismo tiempo a toda la superficie del planeta, sino solo a la mitad. En esa mitad es de **día** y en la otra mitad es de **noche**.

A veces, de noche podemos ver la Luna, que es el **satélite** natural de la Tierra. Los satélites son cuerpos casi esféricos que giran alrededor de un planeta. Y, al igual que estos, no emiten luz.

La **Luna** también **rota** y se **traslada** alrededor de la Tierra. Ambos movimientos duran **28 días**, que es la duración de un **mes lunar**. Durante este tiempo, la Luna cambia su **posición** y vemos las diferentes **fases lunares**.

2 ¿De qué depende la forma en que vemos la Luna?

¿Dónde está el agua?
La Tierra y la Luna se atraen como si fueran imanes, aunque sin llegar a unirse. Esta atracción provoca las mareas altas o bajas en los mares y océanos. Seguro que lo has observado en la playa.

LAS FASES LUNARES

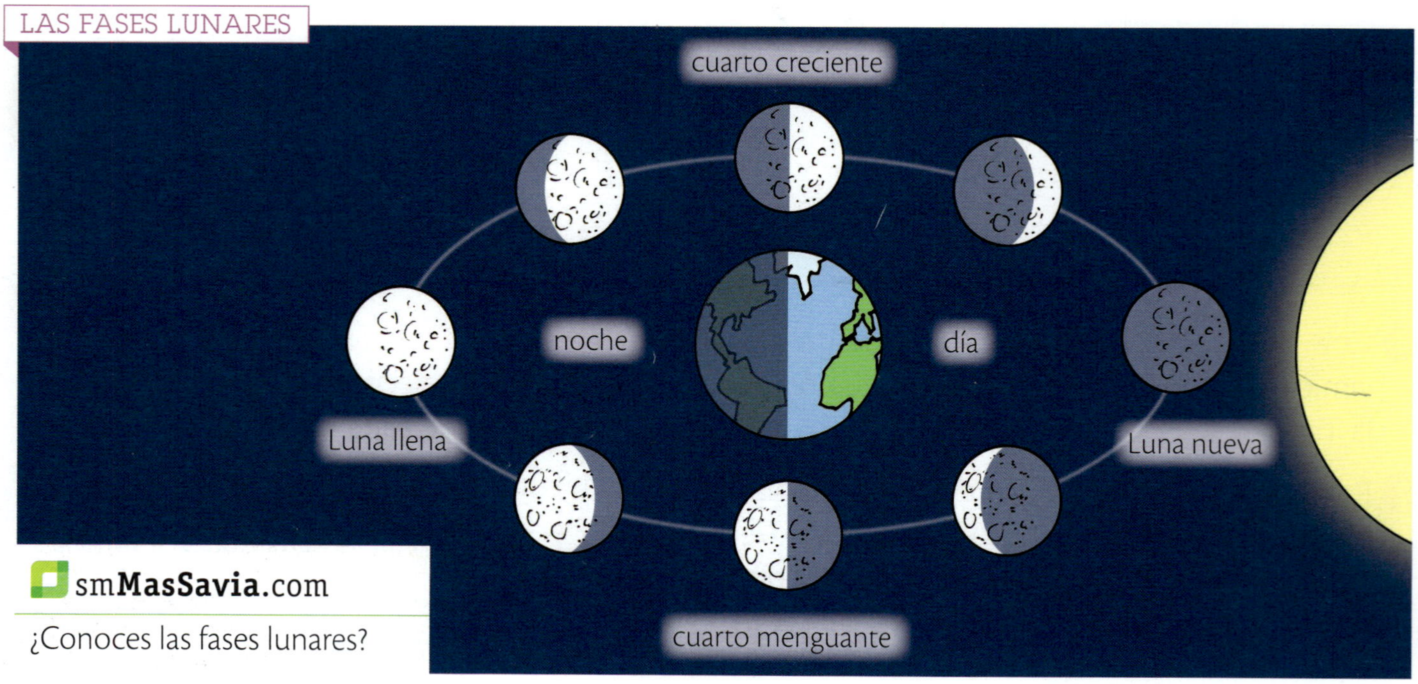

smMasSavia.com
¿Conoces las fases lunares?

Las consecuencias de la traslación

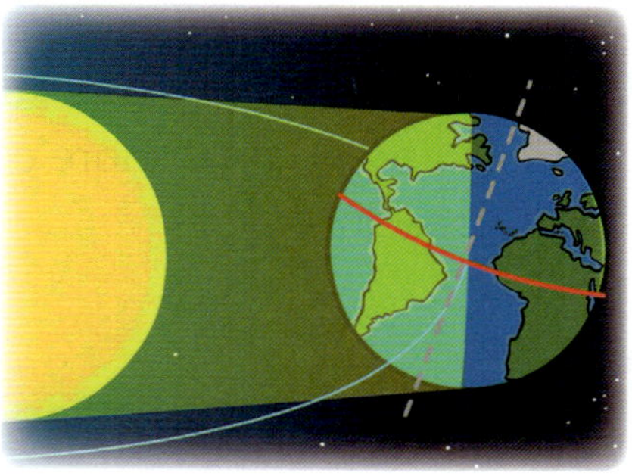

El movimiento de **traslación** de la Tierra y la **inclinación** de su eje de rotación hacen que los rayos del Sol no lleguen de la misma forma a todas las zonas del planeta. Esto es lo que origina las **estaciones**: primavera, verano, otoño e invierno.

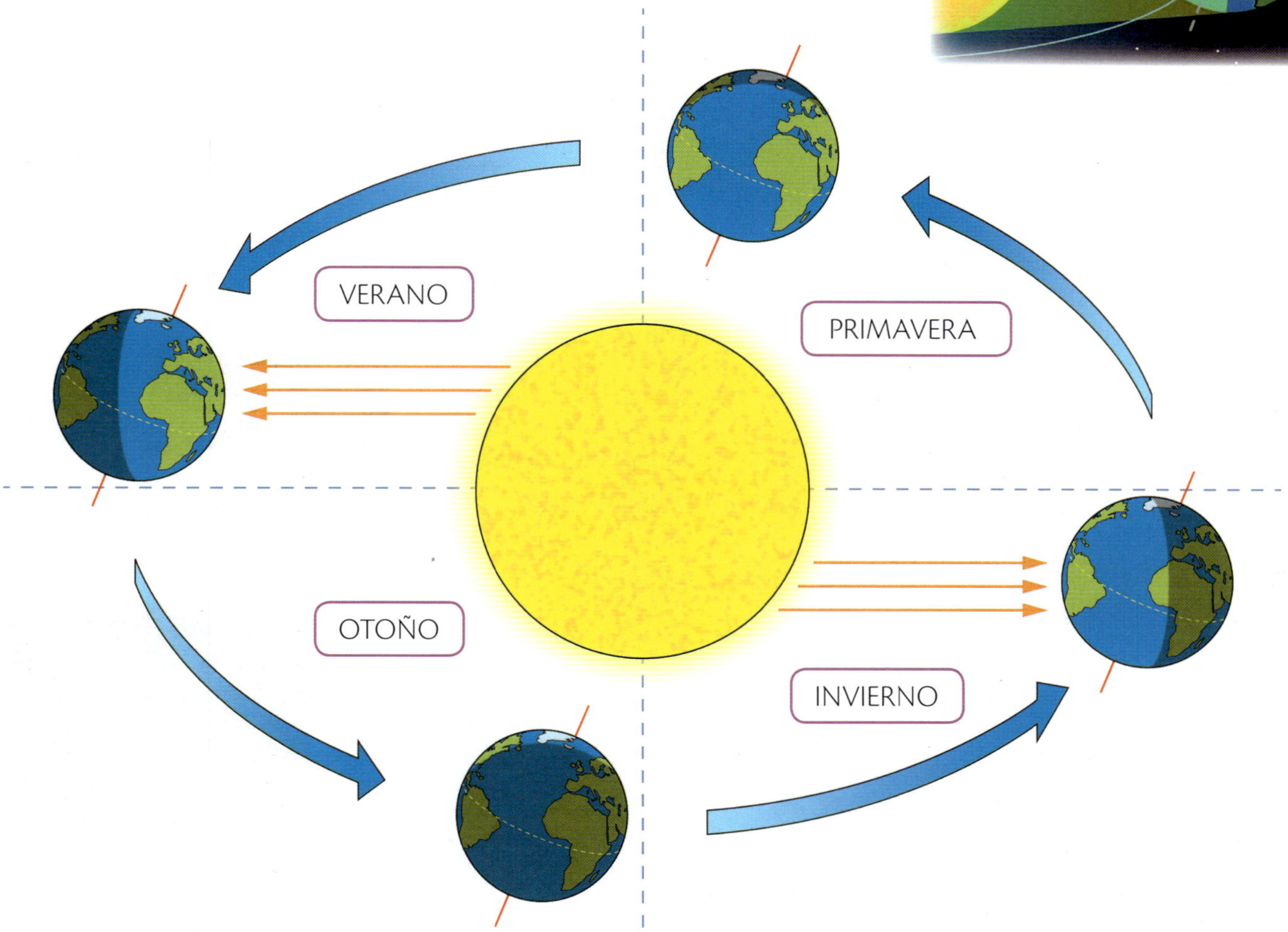

3 Mira la ilustración. ¿En qué posiciones de la Tierra los rayos de Sol inciden más directamente sobre su superficie? ¿En cuáles los rayos llegan más inclinados?

- La **rotación** de la Tierra origina los días y las noches.
- La **Luna** es el único **satélite** natural de la Tierra.
- La **traslación** de la Tierra y la inclinación de su eje dan lugar a las estaciones.

Aplicamos

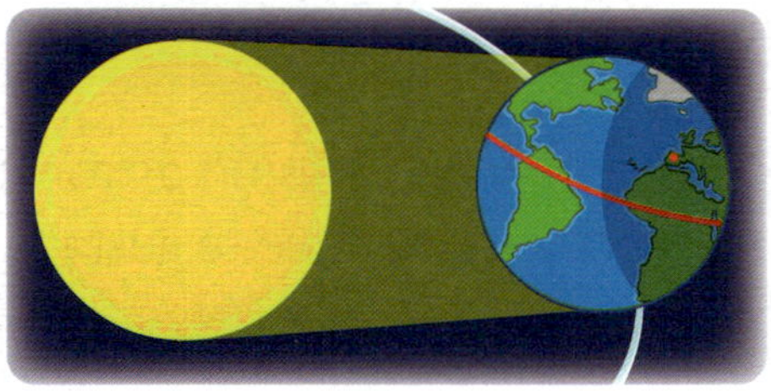

4 **INDICA** si en este punto de órbita de la Tierra en España es de día o de noche y si es invierno o verano.

PÁRATE A PENSAR

Ahora que conoces mejor el sistema solar, sus astros, los movimientos de la Tierra y la Luna y sus consecuencias, reflexiona sobre lo aprendido y sobre cómo hemos llegado a obtener tanta información.

La llegada del hombre al espacio

En 1961, el cosmonauta ruso **Yuri Gagarin** viajó por primera vez al espacio y dio una vuelta completa a la Tierra. Dos años después, **Valentina Tereshkova**, también rusa, fue la primera mujer en viajar al espacio.

En 1969, tres astronautas de Estados Unidos, **Neil Armstrong**, Michael Collins y Edwin Aldrin, llegaron a la Luna.

1. **EXPLICA** con tus palabras qué es un astronauta.
2. **RELACIONA** el viaje que hizo Yuri Gagarin con el movimiento de alguno de los astros que has estudiado hasta el momento.
3. **INTERPRETA** lo que quiso decir Neil Armstrong cuando pisó por primera vez la luna:

   "Es un pequeño paso para un hombre,
   pero un gran salto para la humanidad".
4. **AVERIGUA** el nombre del primer astronauta español que viajó al espacio. Es muy conocido.

En órbita alrededor de la Tierra

La **Estación Espacial Internacional** es un impresionante centro de investigación que orbita en el espacio exterior de la Tierra. Fue construido en 1998 por la **Agencia Espacial Europea** (ESA). Se hizo uniendo una pieza tras otra, como un gran juego de construcciones.

5. **PREPARA LA TAREA.** Busca en internet imágenes de la Tierra tomadas desde la Estación Espacial Internacional, imprímelas y tráetelas a clase.
6. **IMAGINA** que eres un astronauta y viajas a la Estación Espacial Internacional. ¿Qué te gustaría investigar?

¿Cómo podemos observar el espacio?

Hoy día podemos identificar los astros que vemos en el cielo simplemente con una aplicación móvil. Pero obtener esa información fue tarea de muchos años de observación directa del espacio.

1 **Conoce y deduce.** Galileo Galilei fue uno de los primeros astrónomos de la Historia. En el año 1609 construyó un aparato con el que se podían observar objetos lejanos como si estuvieran mucho más cerca.

- ¿Qué objeto crees que construyó?

2 **Identifica** cuál de estas imágenes es un telescopio.

A.

B.

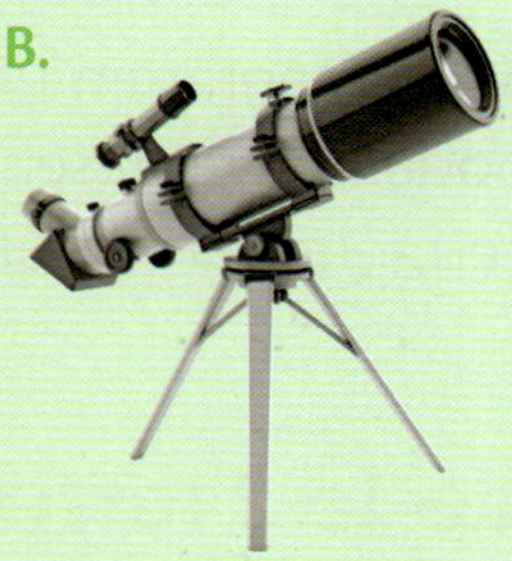

C.

3 **Explica** con tus palabras para qué sirve un telescopio.

4 **Investiga** en qué lugar de nuestro país se encuentra el telescopio más grande del mundo. Escribe en tu cuaderno cómo se llama el telescopio y añade alguna actividad que hayas descubierto que se realiza allí.

5 **Piensa.** Además de los telescopios terrestres, hay telescopios espaciales que orbitan alrededor de la Tierra. ¿Cuál de los dos tipos de telescopio crees que ofrece mejores imágenes y más exactas? ¿Por qué?

6 **Averigua** quién fue Hipatia de Alejandría. ¿Qué importancia tuvieron sus investigaciones para conocer los astros en el espacio?

Nos activamos

Los sabios de la Antigüedad ya sabían que los planetas tenían forma de esfera. Pero hasta que el primer hombre viajó al espacio, esto no se pudo comprobar. Sin embargo, ni siquiera un astronauta desde el espacio puede ver toda la superficie de nuestro planeta a la vez. ¿Por qué crees que ocurre esto?

1 **DIBUJA** en tu cuaderno la piel de una naranja completa. ¿Qué tendrías que hacer para poder ver toda la piel a la vez?

Comprendemos

Ya has podido comprobar que no es sencillo representar en un plano una forma esférica. Entonces, ¿cómo podemos representar la Tierra? Podemos hacerlo con un globo terráqueo o con un planisferio.

La representación esférica de la Tierra

La manera más precisa de representar la forma esférica de la Tierra es con un **globo terráqueo**. Se trata de una esfera que representa la forma del planeta con exactitud, pero a **escala**, es decir, a un tamaño menor que el tamaño real de la Tierra.

2 ¿Qué es un globo terráqueo?

¿Cómo representar la Tierra en un plano?

La forma más habitual de representar la Tierra en un **plano** es usando un **planisferio** o mapamundi, como este de la derecha.

Al tratarse de la representación de una esfera sobre un plano, los continentes se deforman. Por eso los planisferios **no reflejan la forma** del planeta con exactitud.

3 **¿Cómo es la forma de los continentes que aparecen representados en un planisferio?**

La información que nos orienta

Para poder **interpretar** cualquier representación de la Tierra y **orientarnos** en ella, necesitamos conocer algunos elementos que nos ofrecen información.

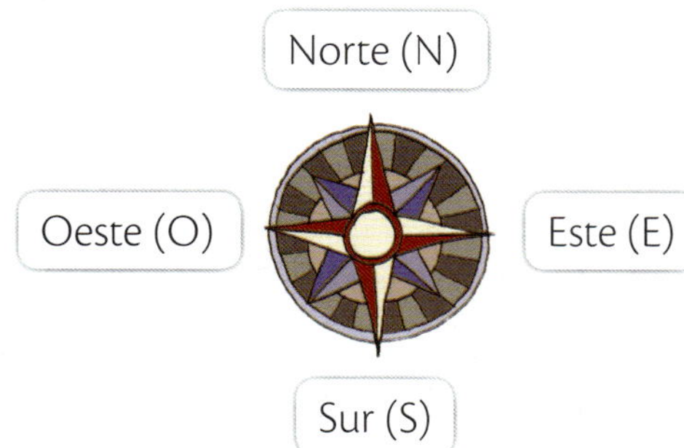

Los **meridianos** son líneas imaginarias que pasan por los polos. Si pasamos de un meridiano a otro, vamos hacia el **este** o hacia el **oeste**.

La **rosa de los vientos**, que aparece en los mapas, nos indica dónde se encuentran los **puntos cardinales**.

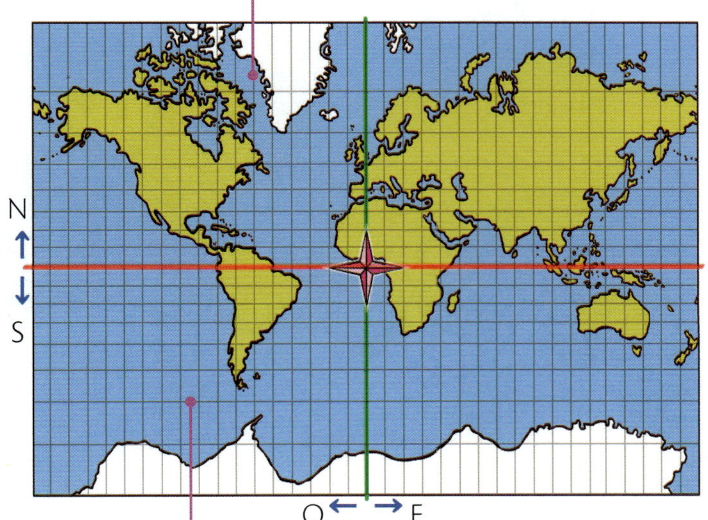

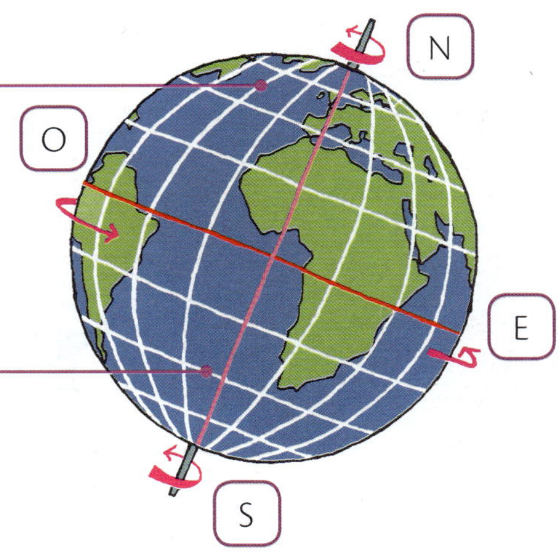

Los **paralelos** son líneas imaginarias que forman círculos en paralelo al ecuador, al **norte** o al **sur** de este.

4 **¿Cuáles son los puntos cardinales?**

- La Tierra se puede representar mediante un **globo terráqueo** o mediante un **planisferio**.
- Los **puntos cardinales** y otros elementos de las representaciones terrestres nos ayudan a **orientarnos**.

Aplicamos

5 **INDICA** la ubicación de cada uno de los puntos señalados en el mapa usando los puntos cardinales.

	Sur
	Este

	◆◆◆
	◆◆◆

	◆◆◆
	◆◆◆

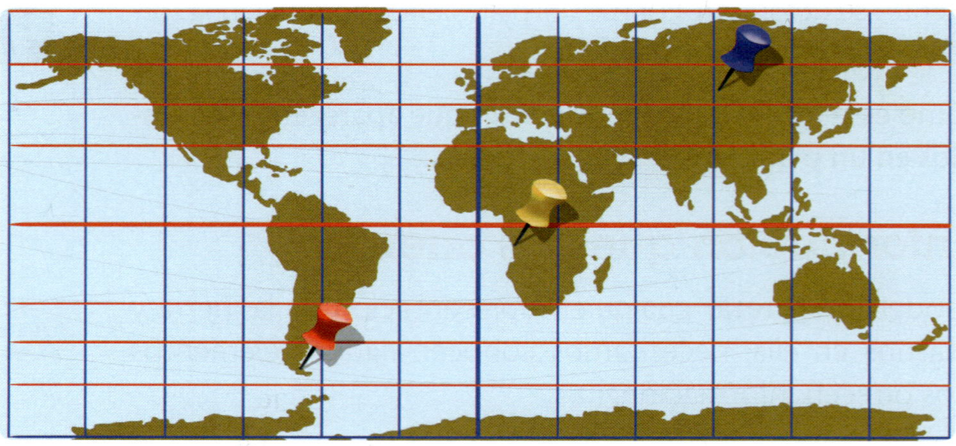

G〉I **6** **OBSERVA Y COMPARA** estos dibujos. En ellos, una cartulina rodea un globo terráqueo.

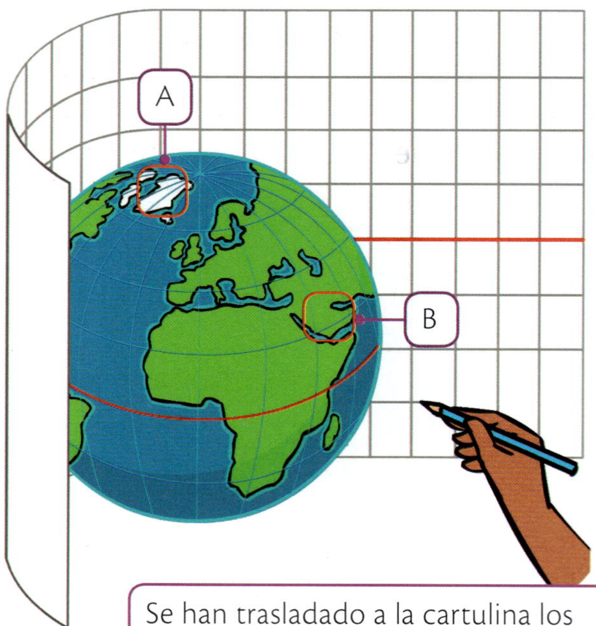

Se han trasladado a la cartulina los paralelos y meridianos. Después, se han dibujado los continentes y las islas.

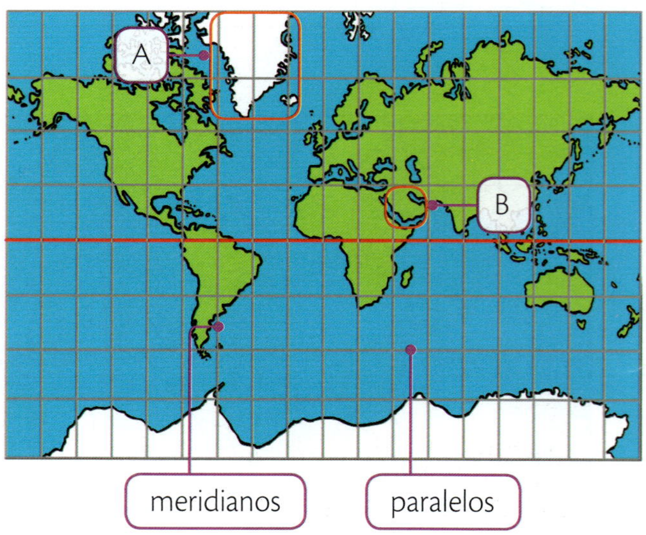

Al estirar la cartulina que envolvía el globo terráqueo, se obtiene el planisferio con la referencia de los paralelos y meridianos.

a. Fíjate en el punto A y luego en el punto B del globo terráqueo. ¿Cuál de las dos superficies es más grande?

b. Ahora, compara esos puntos con su representación en el planisferio. ¿Qué ha pasado?

c. ¿Qué zonas quedan representadas más exactamente en el planisferio, las más cercanas al ecuador o las más alejadas? ¿Cómo se ven los continentes y las islas según se acercan a los polos, más grandes o más pequeños?

TRABAJAMOS LA COMPRENSIÓN LECTORA

El mundo según Mercator y Peters

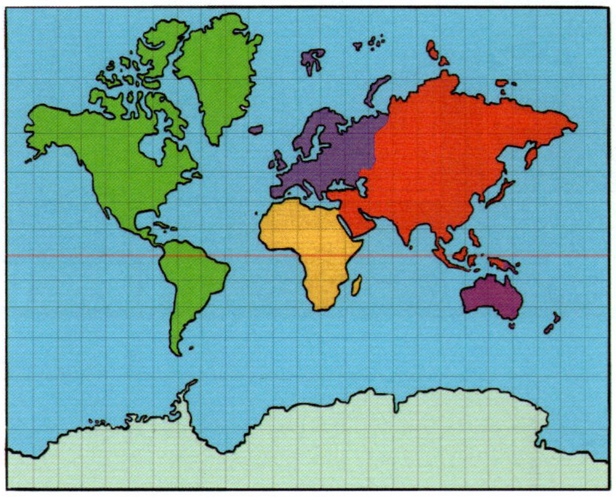

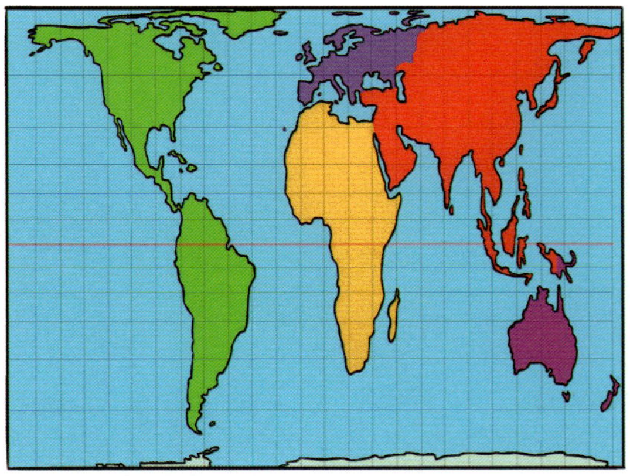

En 1569 se publicó el primer mapa del mundo. Lo ideó el cartógrafo belga Mercator. Este mapa aún se utiliza en la actualidad, pese a que refleja las dimensiones de los países de una manera inexacta.

En 1974, el historiador Peters demostró que el mapa de Mercator tenía errores relacionados con el tamaño de las distintas zonas del planeta.

Se dio cuenta de que las dimensiones de las zonas cercanas al ecuador sí se correspondían con la realidad, pero que, según se iban alejando de esta línea imaginaria, aparecían representadas a un tamaño menor que el real. Además, algunos territorios no estaban representados, como los polos.

Para corregir este error, Peters publicó un nuevo mapa en el que todas las regiones de la Tierra están representadas, incluidas las zonas polares. Además, en este nuevo mapa queda reflejada la diferencia de tamaño que existe entre cada región, lo que da una imagen más ajustada del mundo.

7 **Localiza el tema.** ¿De qué trata el texto?

A. De los primeros cartógrafos de la historia.

B. De la representación del mundo en el mapa.

C. Del tamaño de las distintas zonas del planeta.

8 **Relaciona palabras.** A veces, para no repetir palabras, utilizamos otras diferentes que significan lo mismo. ¿De qué otra forma se refiere el texto al ecuador?

9 **Relaciona significados.** ¿Cuál de los significados de esta palabra se está utilizando en el texto?

ecuador e·cua·**dor**

1. En geografía, círculo máximo imaginario que está a igual distancia de los dos polos terrestres.

2. Punto medio en el transcurso de algo.

Nos activamos

Seguramente, alguna vez has tenido que usar un dibujo para explicarle a un amigo cómo llegar a algún sitio. Resulta complicado, ¿verdad?

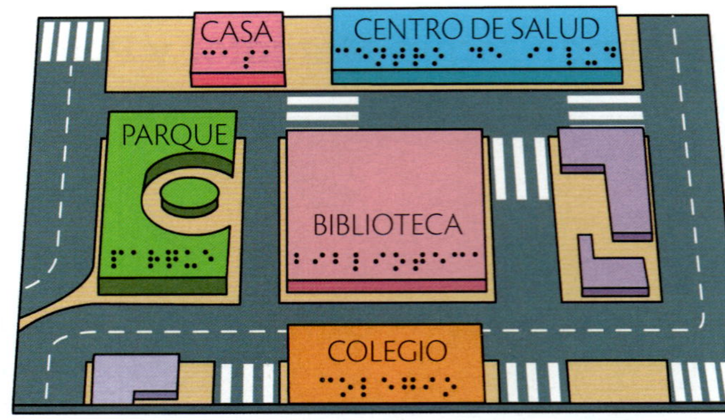

1. **DIBUJA** el recorrido que haces desde el colegio a tu casa para explicarle a un amigo cómo llegar.
2. **OBSERVA** la imagen. ¿Para qué crees que sirven los puntitos en relieve sobre el recorrido?

Comprendemos

Para ayudar a tu amigo, debes representar muy claramente el camino que tiene que seguir y prestar atención a los detalles que pueden ayudarlo a recorrer el camino.

Los tipos de mapas

Un **mapa** es una representación plana de una parte o de toda la superficie de la Tierra.

Los mapas representan la superficie de la Tierra a un tamaño menor que el tamaño real. No se trata de una realidad exacta.

Cuando la sección representada es muy pequeña, ya no hablamos de mapas, sino de **planos**. Así, hablamos del plano de una localidad, de una casa o de una habitación.

Los mapas pueden recoger distintos tipos de **información**.

Los **planos** urbanos pueden ser muy esquemáticos.

Los mapas pueden recoger **datos físicos**, como el relieve o los ríos.

Hay mapas con información de tipo **político**, como la división de los países y las comunidades.

Otros mapas muestran informaciones **temáticas** variadas, como las carreteras, la fauna, etcétera.

3. ¿En qué se diferencia un mapa de un plano?

Taller

APRENDE A DIBUJAR UN PLANO

Además de la propia representación, los mapas y planos recogen algunos datos muy importantes para interpretar la información que queremos transmitir.

La **escala** es la relación entre la medida real del territorio y su representación en el plano. Por ejemplo, en la escala 1:1000, lo que en la realidad mide 10 metros, en el plano mide 1 centímetro.

La **leyenda** contiene la explicación de los símbolos, las líneas o los colores que aparecen en el mapa. Por ejemplo, en la leyenda de este plano, el punto rojo es el centro de información del parque.

PASO 1. **Dibuja en un papel cuadriculado** tu habitación vista desde arriba. Intenta que la representación del plano sea lo más real posible. Para ello, establece una relación entre cada cuadrícula de la hoja y las medidas de tu habitación. Por ejemplo, una cuadrícula puede equivaler a una zancada.

PASO 2. **Representa** sobre el plano de la habitación los distintos muebles. Para ello, delimita el espacio que ocupan y emplea distintos colores o trazados.

PASO 3. **Completa la información** del plano escribiendo la leyenda, es decir, el significado de los colores y la proporción de la representación (ejemplo: un cuadro = una zancada).

- Los **mapas** son representaciones planas de la superficie de la Tierra, ya sea de toda ella o de una parte.
- Hay distintos **tipos de mapas** según la información que ofrecen: físicos, políticos, temáticos, etcétera.

Aplicamos

4 ELIGE. ¿Qué tipo de mapa usarías para localizar los ríos de tu comunidad? ¿Y para conocer los países de un continente? Búscalos en tu *Atlas* y comprueba si has acertado.

5 BUSCA en tu *Atlas* una leyenda parecida a esta y explica qué representan los símbolos en el mapa.

COMPROBAMOS LO APRENDIDO

1 DEFINE en tu cuaderno los siguientes términos:

estrella · planeta · galaxia · asteroide · cometa

2 COMPLETA las siguientes oraciones en tu cuaderno.

- La Tierra es el ◆◆◆ en el que vivimos. Se encuentra dentro del sistema ◆◆◆.
- Los dos movimientos de la Tierra son ◆◆◆ y ◆◆◆.
- Las consecuencias de estos movimientos son el ◆◆◆, la ◆◆◆ y las ◆◆◆ del año.
- La ◆◆◆ es el satélite natural de nuestro planeta.

3 IDENTIFICA la fase en la que se encuentra la Luna en cada caso.

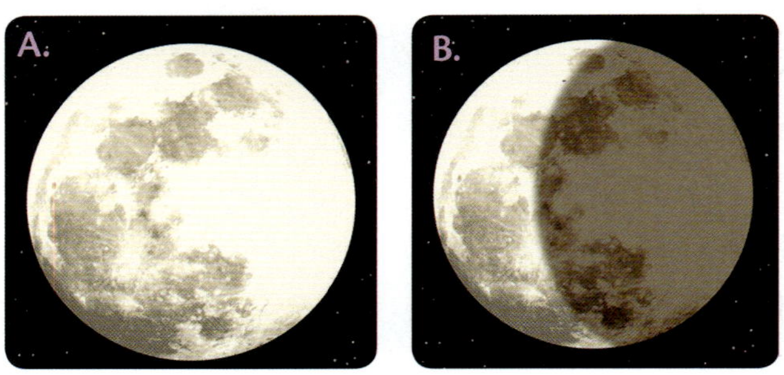

4 DIBUJA un modelo de la Tierra y señala las partes que se mencionan a continuación.

- eje de rotación
- ecuador
- polo norte
- polo sur
- hemisferio norte
- hemisferio sur

5 AVERIGUA Y VALORA. ¿A qué elementos se refieren estas definiciones? Después, valora la importancia de cada uno de estos elementos.

- Líneas imaginarias que cruzan los polos.
- Cuatro direcciones que sirven para orientarnos y saber hacia dónde nos dirigimos.
- Circunferencia imaginaria que divide la Tierra en dos hemisferios.
- Circunferencias imaginarias representadas en paralelo al ecuador.

13 EXTRAE de este plano las instrucciones que deberías seguir para ir del avión a la terminal utilizando los puntos cardinales.

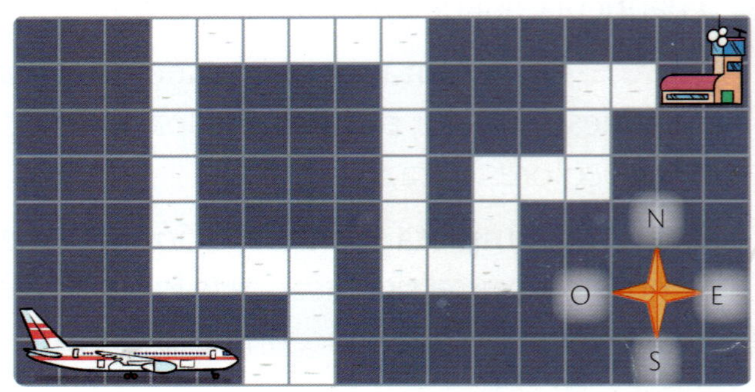

Mi diario

1. Lo que no sabía de la representación de la Tierra es... Y ahora, saberlo me sirve para...
2. En grupo, hemos hecho... Y de forma individual, yo he hecho...
3. Me ha costado hacer...
4. Me he sentido...

smMasSavia.com | Autoevaluación.

MEJORA TU COLEGIO

TAREA **FINAL**

Vamos a organizar una sesión de observación nocturna del cielo para invitar al resto de compañeros del colegio.

Así ayudaremos a comprender mejor lo que vemos y resaltaremos la importancia que tiene el estudio del espacio para la vida de las personas.

Organizamos una sesión de observación del cielo nocturno

PASO 1 **HACED UN LISTADO.** Por grupos, pensad en una actividad que pueda llevarse a cabo después de la observación para ayudar a comprender mejor lo que se ha visto en el cielo. Recoged los datos más importantes en una ficha y ponedlos en común.

- **Tipo de actividad:** charla / taller /exposición .
- **Elementos que observar:** estrellas / planetas / otros astros.
- **Materiales necesarios:** telescopio / cámara fotográfica / láminas y fotografías / maquetas / aplicaciones móviles.

Tened en cuenta el estado de la Luna, la previsión del tiempo para que no esté nuboso, la cantidad de luz que llegue de los núcleos urbanos...

PASO 2 **ORGANIZAD LA SESIÓN.** Estableced el orden de las actividades tras la observación y recopilad el material necesario: podéis utilizar las imágenes de satélite de la Tierra que recogisteis en la actividad 5 de la página 14. También preguntad en vuestro centro y en vuestras casas si pueden dejaros máquinas de fotografiar, algún telescopio, una maqueta del sistema solar...

PASO 3 **PREPARAD UN FOLLETO.** Ordenad toda la información y recogedla en un folleto, en el que también incluiréis la fecha que hayáis elegido para la sesión.

PASO 4 **HACED PUBLICIDAD DE LA SESIÓN.** Preparad una campaña publicitaria unos días antes de la fecha elegida para la sesión. Podéis hacer carteles para colgar en los tablones, repartir cuartillas y mandar correos electrónicos informativos a todas las personas que penséis que puedan estar interesadas.

¿QUÉ SABÍA, QUÉ SÉ?

Repasa con la ayuda de este esquema lo que has aprendido en esta unidad.

VÍA LÁCTEA

SISTEMA SOLAR

LA TIERRA

sus movimientos son

su satélite es

LA LUNA

se representa mediante

planisferio

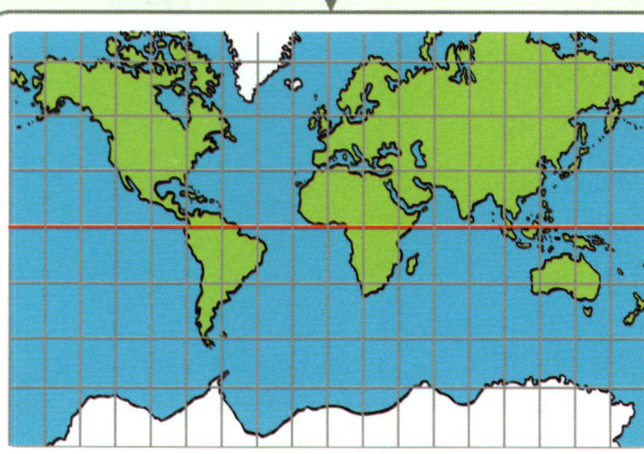

globo terráqueo

→ está formado por → el Sol
→ los ocho planetas
→ otros astros:
- cometas
- asteroides
- meteoritos

ROTACIÓN

TRASLACIÓN

El mundo en que vivimos

1. ¿Qué compone una galaxia?
   A. Planetas.
   B. Estrellas.
   C. Cometas, asteroides y meteoritos.
   D. Sistemas planetarios.

2. ¿Qué planeta recorre mayor distancia para completar su movimiento de traslación?

3. Copia y completa.
   - El movimiento de ◆◆◆ es el giro que realiza la Tierra sobre sí misma. Da lugar a los ◆◆◆ y las ◆◆◆.
   - El movimiento de ◆◆◆ es el giro que realiza la Tierra alrededor del Sol. Da lugar a las ◆◆◆.

4. Piensa cómo son las representaciones de la Tierra.
   a. ¿Cuándo es mejor utilizar un globo terráqueo que un planisferio? ¿Y al contrario?
   b. ¿Qué información te gustaría ver en un planisferio? ¿Y en un mapa de tu comunidad? ¿Y en un plano de la zona donde vives?

5. En la Antigüedad se pensaba que la Tierra era plana. ¿Qué argumentos podrías darle a alguien que siguiera pensando de esta forma?

6. ¿Qué gran descubrimiento sobre el sistema solar te gustaría realizar?

AMPLÍA tu mirada

¡Llueven meteoritos!

Cada día llegan a la Tierra muchos meteoritos. Estos fragmentos de roca viajan por el espacio a grandísima velocidad.

Los más pequeños se desintegran justo antes de entrar en nuestro planeta. Sin embargo, otros de mayor tamaño no terminan de desintegrarse y llegan a la superficie de la Tierra. Esto ha permitido estudiar algunas características del sistema solar.

¿Con qué instrumento podríamos ver desintegrarse los meteoritos?

Ciudadanos universales

La Estación Espacial Internacional es un laboratorio a 450 kilómetros de la Tierra en el que participan dieciséis países. Allí viven siete científicos, mujeres y hombres, que estudian los problemas de nuestro planeta, como la contaminación de los mares y del aire.

Los astronautas que llegan allí han recibido mucha preparación, tanto física como mental. ¡Además, son grandes investigadores!

Si los astronautas son de diferentes países, ¿cómo se comunicarán entre ellos?

Distintas huellas del espacio en la Tierra

Desde la Tierra vemos cómo el Sol brilla e ilumina todo durante el día y cómo las estrellas y la Luna pasan a ocupar el cielo por la noche.

También comprobamos la sucesión de las estaciones, que cambian el paisaje y hacen que tengamos que vestirnos conforme al tiempo que haga.

Y, si hubiéramos nacido hace más de 50 000 años, podríamos haber conocido cómo era este lugar antes de la caída de un meteorito que dejó esta huella en la Tierra: un cráter de más de un kilómetro de ancho y de gran profundidad.

Prueba a tirar una bola de plastilina sobre arena y luego levanta la bola con cuidado. ¿Cómo queda la arena? ¿Cómo imaginas que fue el meteorito que impactó en este lugar?

Un viaje de diez años

La sonda *Rosetta* fue lanzada al espacio en el año 2004 y tardó diez años en llegar al lugar que los científicos de la Agencia Espacial Europea pretendían que alcanzase: un cometa. Allí ha pasado casi dos años, orbitando alrededor del cometa y obteniendo una información muy valiosa para los investigadores sobre su composición y características. Por ejemplo, gracias a esta misión se concluyó que el cometa se formó incluso antes que el propio sistema solar.

¿Qué instrumentos y herramientas crees que tendría que llevar a bordo la sonda para realizar todos sus estudios?

El cometa Halley

Ya sabes que un cometa es un astro que gira alrededor de una estrella y que está formado por roca, polvo y hielo. Pero quizá no sepas que hay cometas famosos, como el Halley.

Este cometa es el único que se puede observar desde la Tierra a simple vista, sin necesidad de utilizar un telescopio. Pero tendrás que estar preparado porque, si te pierdes su paso, ¡no podrás volver a verlo hasta que transcurran más de 70 años!

¿Qué otro astro podrías confundir con un cometa? ¿Por qué?

Misiones espaciales

En la actualidad, numerosos países dedican una gran parte de sus investigaciones a explorar el universo. Alemania, Italia, Francia, China, Japón, India, Israel, Canadá, Irán... son solo algunos ejemplos.

Algunas de sus misiones espaciales han alcanzado otros planetas del sistema solar. ¡Incluso han salido de nuestro sistema planetario!

¿Qué te gustaría investigar sobre un nuevo planeta?

El mundo en que vivimos II

Unidad 2
La atmósfera, el tiempo y el clima

Unidad 3
El planeta del agua

Unidad 4
Un planeta hecho de rocas

TAREA FINAL **Mejora tu mundo**

¿Qué sabía, qué sé?

Amplía tu mirada

1 ¡Tantos lugares por explorar!

Hay muchos lugares que apenas conocemos. ¿A cuál de estos sitios te gustaría viajar? ¿Por qué?

2 ¡Sabes más de lo que crees!

Las personas somos una pequeñísima parte del mundo en que vivimos. Somos como una partícula del **aire** que entra en nuestros pulmones, como una gota de **agua** en el río que ves en la imagen o un grano de **arena** en la montaña.

- ¿Cómo colocarías cada uno de los términos resaltados en el texto anterior dentro de este esquema?

3 Sigue haciéndote preguntas

- ¿Qué tiempo hace en la imagen?
- A simple vista, ¿dirías que en este paisaje hay más agua o más rocas? ¿Y más rocas o más aire?
- ¿Cómo imaginas que será el paisaje en otros planetas?

TAREA FINAL

Mejora tu mundo

Serás capaz de ofrecer la predicción del tiempo en un programa de televisión.

2 La atmósfera, el tiempo y el clima

Reconocer las distintas capas que forman la Tierra.

¿Podrías ir en coche desde España hasta Argentina? ¿Por qué? ¿Cómo puedes llegar a ese país?

Describir la atmósfera y relacionarla con el tiempo atmosférico y el clima.

¿Llueve mucho en el sitio donde vives? ¿En qué época del año llueve más? ¿De qué depende?

Comprender la importancia de cuidar la atmósfera.

¿Cómo afecta a tu vida el calentamiento del planeta? ¿Qué puedes hacer para combatirlo?

smMasSavia.com

Lo que ya sé.

1 Las capas de la Tierra

Nos activamos

1 **OBSERVA.** Cuando los astronautas miran la Tierra desde el espacio, ¿qué cosas ven? ¿Cómo pueden distinguir los océanos de los continentes? ¿Y de las nubes?

Comprendemos

Desde el espacio se observan las tres partes o capas diferenciadas que forman nuestro planeta: la geosfera, la hidrosfera y la atmósfera.

La Tierra y sus capas

En esta imagen de nuestro planeta se observan las tres capas que forman la Tierra. La imagen ha sido captada desde un satélite artificial.

2 ¿Con qué capas de la Tierra identificas cada color que aparece en la fotografía?

3 ¿Crees que siempre se pueden ver de manera tan clara? ¿Por qué?

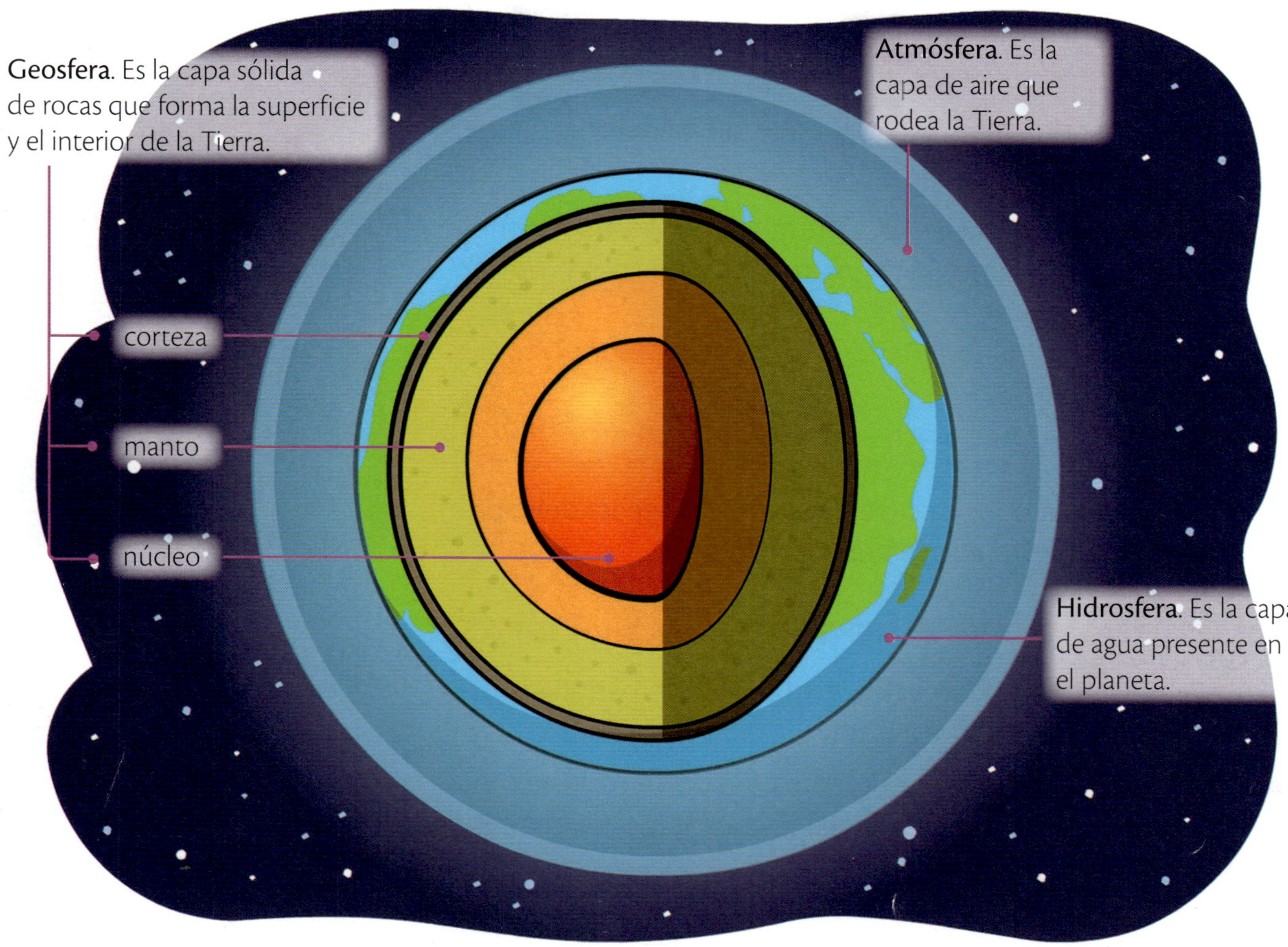

4 Define los siguientes términos: atmósfera, hidrosfera, geosfera.

5 ¿Qué partes forman la geosfera?

▶ La **Tierra** está compuesta por **tres capas: atmósfera, hidrosfera** y **geosfera**.

smMasSavia.com

¿Sabes reconocer las capas de la Tierra?

Aplicamos

6 **RELACIONA** en tu cuaderno cada capa de la Tierra con su principal componente.

hidrosfera •	• rocas
atmósfera •	• agua
geosfera •	• aire

7 **CUENTA** a un compañero por qué capas de la Tierra te has desplazado. ¿Qué medio de transporte utilizaste en cada caso?

Nos activamos

1 DESCRIBE. Cuando miras al cielo, ¿qué dirías que hay sobre nuestras cabezas?

2 DEDUCE. Ese espacio que se encuentra sobre nosotros es mucho más importante de lo que pensamos. ¿De qué nos protege? ¿Sabes por qué?

Comprendemos

La Tierra está rodeada por una capa de aire que la separa del espacio exterior. Esa capa es la **atmósfera**.

Un escudo de aire alrededor de la Tierra

La atmósfera envuelve la Tierra desde su superficie hasta, aproximadamente, mil kilómetros de altitud.

En esa distancia que nos separa del resto del universo podemos distinguir **cinco capas**: troposfera, estratosfera, mesosfera, termosfera y exosfera.

¿Qué observamos en la atmósfera?

El **tiempo atmosférico** es el estado de la atmósfera en un lugar y en un momento. Para conocerlo hay que observar la temperatura, la humedad y el viento. De ellos dependen los fenómenos que se producen en la atmósfera.

La temperatura del aire
Es el frío o el calor que hace en un lugar. Si la temperatura del aire es baja, hace **frío**. Si es alta, hace **calor**.

La humedad
Es la cantidad de vapor de agua en la atmósfera. El vapor de agua provoca la **lluvia**, la **nieve** o el **granizo**.

El viento
Es el movimiento del aire. Según la fuerza con la que se mueva, el viento puede ser una **brisa** suave, un **vendaval** o un **huracán**.

3 ¿Qué es el viento? Indica cómo puede ser según su fuerza.

LAS CAPAS DE LA ATMÓSFERA

5. **Exosfera:** es la capa más externa y ligera. Separa la atmósfera del espacio exterior. Casi no contiene aire.

4. **Termosfera:** en ella se dan algunos fenómenos, como las auroras boreales.

3. **Mesosfera:** es la capa más fría. En ella se observan estrellas fugaces.

2. **Estratosfera:** en ella se encuentra la capa de ozono. Esta capa protege a la Tierra de la excesiva radiación del Sol.

1. **Troposfera:** contiene la mayor parte del oxígeno y del vapor de agua. En ella se desarrolla la vida y se producen los fenómenos meteorológicos.

4 ¿Entre qué dos capas se encuentra la mesosfera?

- La **atmósfera** es la capa de aire que rodea la Tierra.
- El **tiempo atmosférico** es el estado de la atmósfera en un lugar en cada momento del día. Depende de la **temperatura**, la **humedad** y el **viento**.

Aplicamos

5 **DESCRIBE** el tiempo que hace hoy. Mira por la ventana y observa:

la temperatura •	• si hace frío o calor
la humedad •	• si sopla o no
el viento •	• si llueve o luce el Sol

6 **EXPLICA** qué es para ti el buen tiempo y escríbelo en tu cuaderno.

7 **IDENTIFICA** la capa de la atmósfera a la que crees que llegan con más fuerza las radiaciones del Sol. Coméntalo con tu compañero y explícalo en tu cuaderno. I G

3 ¿Cómo se mide el tiempo atmosférico?

Nos activamos

Cuando estamos en clase no sentimos la temperatura exterior. Puede hacer frío o calor. Puede haber viento o lluvia.

Sin embargo, hoy la profesora ha montado un aparato muy raro en el patio. Con él podemos recoger información sobre el tiempo atmosférico como los profesionales.

1 **INVENTA Y ESCRIBE.** Mira el dibujo de la derecha. ¿Qué sabes de ese aparato? ¿Cómo funciona?

Comprendemos

Los **meteorólogos** son las personas que estudian el estado de la atmósfera y predicen el tiempo atmosférico que hará. Ellos miden los **fenómenos atmosféricos** con aparatos especiales, como el termómetro o la veleta.

Una máquina que mide el tiempo atmosférico

El conjunto de todos los instrumentos que se usan para medir la temperatura, la humedad y el viento en un lugar se llama **estación meteorológica**.

ASÍ FUNCIONA UNA ESTACIÓN METEOROLÓGICA

1. La **veleta** gira con el viento e indica la dirección desde la que este sopla.

2. El **anemómetro** gira sus aspas y mide la velocidad del viento.

3. El **pluviómetro** mide la cantidad de agua que cae cuando llueve.

4. El **termómetro** mide la temperatura del aire.

2 ¿Qué información recoge un anemómetro?

Taller

LEE UN CLIMOGRAMA

Un climograma es un gráfico que representa las temperaturas y las precipitaciones de una zona a lo largo de un año.

Paso 1. Observa los **tres ejes**:

- El eje horizontal representa los doce **meses** del año, que se indican con la inicial de cada mes.
- El eje vertical derecho mide las precipitaciones, es decir, la cantidad de agua que ha caído. Se mide en milímetros.
- El eje izquierdo mide las temperaturas, en este caso, señaladas de 5 en 5 grados centígrados (°C).

Paso 2. Los puntos rojos unidos por una línea marcan la **temperatura media** de cada mes. Podemos ver que en este lugar las temperaturas son suaves todo el año, pues en los meses más calurosos la temperatura media no llegó a los 30 °C.

¿Cuál fue la temperatura en el mes más frío?

Paso 3. Las barras azules representan las **precipitaciones medias** de cada mes. Observa que en esta zona ha llovido todos los meses. El mes más lluvioso ha sido octubre.

¿En qué mes ha llovido menos?

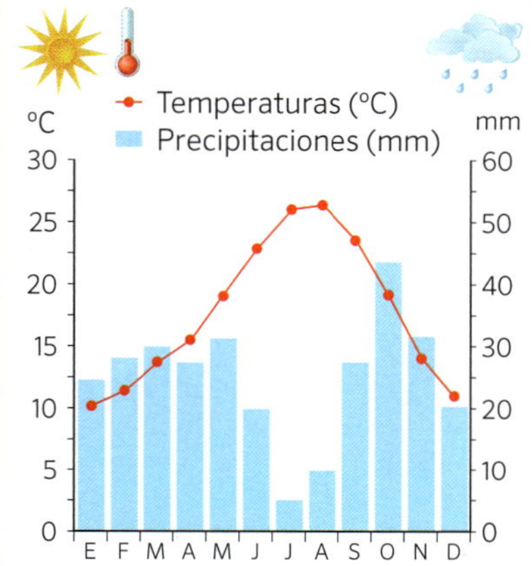

- ▶ El tiempo atmosférico se mide en las **estaciones meteorológicas**.
- ▶ Las estaciones meteorológicas miden la temperatura del aire con el **termómetro**, la lluvia con el **pluviómetro** y el viento con la **veleta** y el **anemómetro**.

Aplicamos

3 Identifica tres oficios para los que sea importante conocer la predicción del tiempo. Explica por qué.

4 Construye una veleta con ayuda de tus compañeros y de tu profesor.

- ¿Cómo se utiliza?

5 Investiga si en tu barrio o localidad existen estaciones meteorológicas. Cuenta dónde están y cómo funcionan.

6 Interpreta el siguiente climograma. ¿Cuál ha sido el mes más cálido? ¿Y el más frío? ¿Ha llovido todos los meses? ¿En qué mes ha llovido más?

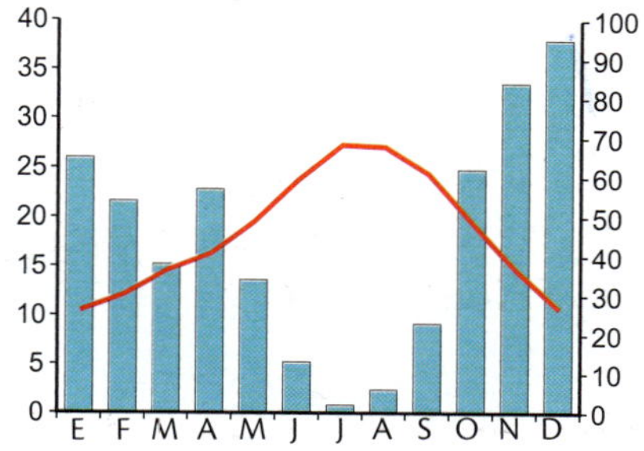

PÁRATE A PENSAR

Hasta ahora hemos estudiado en esta unidad cuáles son las capas de la Tierra. Y, dentro de esas capas, hemos dedicado atención a la atmósfera, que también se divide en varias capas.

La presencia de estas capas es muy importante para que en la Tierra haya vida, pues protegen a los seres vivos de un exceso de radiación.

Vamos a ver por qué, a la vez que comprobamos si hemos entendido lo estudiado hasta ahora.

Los rayos solares, ¿amigos o enemigos?

1 **DIBUJA** en tu cuaderno las capas que forman la atmósfera y escribe el nombre de cada una. Puedes copiar esta ilustración.

2 **SEÑALA** el nombre de la capa en la que se producen los fenómenos atmosféricos.

3 **OBSERVA.** ¿Qué tiene en la mano la mujer de la ilustración?

A. Una botella de agua para que los niños beban.

B. Un bote de champú para ducharse cuando se vayan.

C. Un bote de crema solar para evitar las quemaduras.

4 **CUENTA** tu experiencia. Muchas veces hemos leído y oído que debemos protegernos del Sol, sobre todo en verano. ¿Qué sucede si estamos mucho tiempo expuestos a los rayos solares? ¿Has vivido alguna vez una situación similar?

Hacia una vida saludable

Hace siglos no existían los coches, ni los aviones, ni la calefacción en los hogares. Estos inventos han facilitado muchas de nuestras actividades diarias.

Sin embargo, su utilización continuada ha acabado dañando la atmósfera, porque todos ellos expulsan gases que contaminan el aire que respiramos.

5 **IDENTIFICA** actividades diarias que contaminan la atmósfera. Anótalas en tu cuaderno, en una tabla como esta, y plantea tres propuestas para evitarlas.

Actividades que contaminan el aire	Medidas para evitar la contaminación
◆◆◆	◆◆◆
◆◆◆	◆◆◆
◆◆◆	◆◆◆

El Sol, aliado de la agricultura

Los rayos solares tienen una gran importancia para los seres vivos, pues son una fuente de luz y energía.

Las plantas contienen una sustancia de color verde llamada **clorofila**. Esa sustancia es necesaria para su nacimiento y desarrollo.

La agricultura se basa en el aprovechamiento de la energía solar y en el aporte del agua, tanto de lluvia como de riego.

Sin la luz solar, alimentos como las hortalizas y la fruta no pueden crecer. Y estos productos agrícolas son la fuente de alimentación de la población mundial.

6 **INVESTIGA** acerca de la clorofila y su importancia en el proceso de crecimiento de las plantas. ¿Cómo se llama ese proceso?

7 **PREGÚNTATE** qué puede suceder si las plantas reciben mucha luz solar y poca agua.

Nos activamos

1 **Compara** las cuatro fotografías. ¿Qué cambios ves entre ellas? ¿A qué se deben? ¿Cuánto tardan en suceder?

2 **Piensa.** ¿Crees que estas cuatro fotos podrían haberse tomado en el desierto? ¿Por qué?

Comprendemos

Sabemos que el tiempo meteorológico puede variar cada día y con cada estación, y que los ciclos que aparecen en las fotos se repiten año tras año. ¡Pero no son iguales en todas partes!

¿Qué es el clima?

El **clima** es el tiempo atmosférico que predomina en un lugar a lo largo de los años. Viene determinado por la **temperatura** y las **precipitaciones** de ese lugar durante cada estación del año.

Existen **tres zonas climáticas** en la Tierra: la **zona cálida**, que es la más cercana al ecuador, la **zona fría**, que es la más alejada del ecuador, y la **zona templada**.

EL CLIMA INFLUYE EN TU VIDA

¡Otro día sin salir de casa! Hay mucho hielo y el viento es muy fuerte. La moto de nieve está averiada y no puedo ir caminando al colegio. Así que hoy nos dedicaremos a leer mientras mi padre y mi madre cocinan para estos días.

Hace un rato ha dejado de llover, así que he salido con mis padres a pasear por el prado. La hierba ha crecido bastante y se vuelve a ver animales. Además, en muchos pueblos empiezan las fiestas. ¡Me encanta esta época!

Hoy es día de mercado en nuestra aldea. Antes de que haga más calor iremos a comprar frutas y verduras para toda la semana. Las traen desde muy lejos porque aquí no podemos cultivarlas. ¡No podríamos regarlas a diario!

LAS ZONAS CLIMÁTICAS DE LA TIERRA

1. Zona climática templada

En ella, las temperaturas suben o bajan según la estación del año, pero no hace demasiado frío ni demasiado calor. Las lluvias son moderadas.

España está en la zona templada, aunque las islas Canarias se encuentran más cerca de la zona cálida.

2. Zona climática fría

En los polos, las zonas más lejanas al ecuador, las temperaturas son muy bajas todo el año y llueve o nieva en abundancia.

Los polos están en la zona fría.

3. Zona climática cálida

En las zonas más próximas al ecuador, las temperaturas son siempre altas y muy parecidas durante todo el año. Sin embargo, hay lugares donde llueve mucho y otros donde apenas llueve.

Las selvas y algunos desiertos se encuentran en la zona cálida.

3 **Completa en voz alta esta oración:**

Para conocer el clima es necesario observar ◆◆◆.

- El **clima** es el tiempo atmosférico habitual en un lugar y se repite año tras año.
- En la Tierra hay tres zonas climáticas: **fría**, **cálida** y **templada**. Nosotros vivimos en la templada.

Aplicamos

4 **RELACIONA** en tu cuaderno cada zona climática con el tipo de paisaje que puedes encontrar en ella.

Zona cálida •	• Polo
Zona fría •	• Prados
Zona templada •	• Selva

5 **PREPARA LA TAREA.** Busca refranes que estén relacionados con el tiempo o el clima. Para ello, puedes buscar en internet, en libros o preguntar a tus familiares.

6 **ELABORA** una pequeña redacción sobre el tiempo que hace hoy en el lugar donde vives. Relaciona ese tiempo con la época del año.

5 Los factores que intervienen en el clima

Nos activamos

Si has viajado por España, seguro que has comprobado que, en una misma época del año, el tiempo atmosférico no es el mismo en unos lugares que en otros.

1 RECUERDA. ¿Qué sucede con la temperatura cuando subes a la montaña? ¿Qué cambios notas cuando te acercas al mar?

2 DEDUCE. ¿Cómo crees que influye la altitud en el clima? ¿Qué otros factores crees que influyen?

Comprendemos

El clima depende de la influencia de diversos factores. Estos factores intervienen todos a la vez o por separado. Vamos a verlos en detalle.

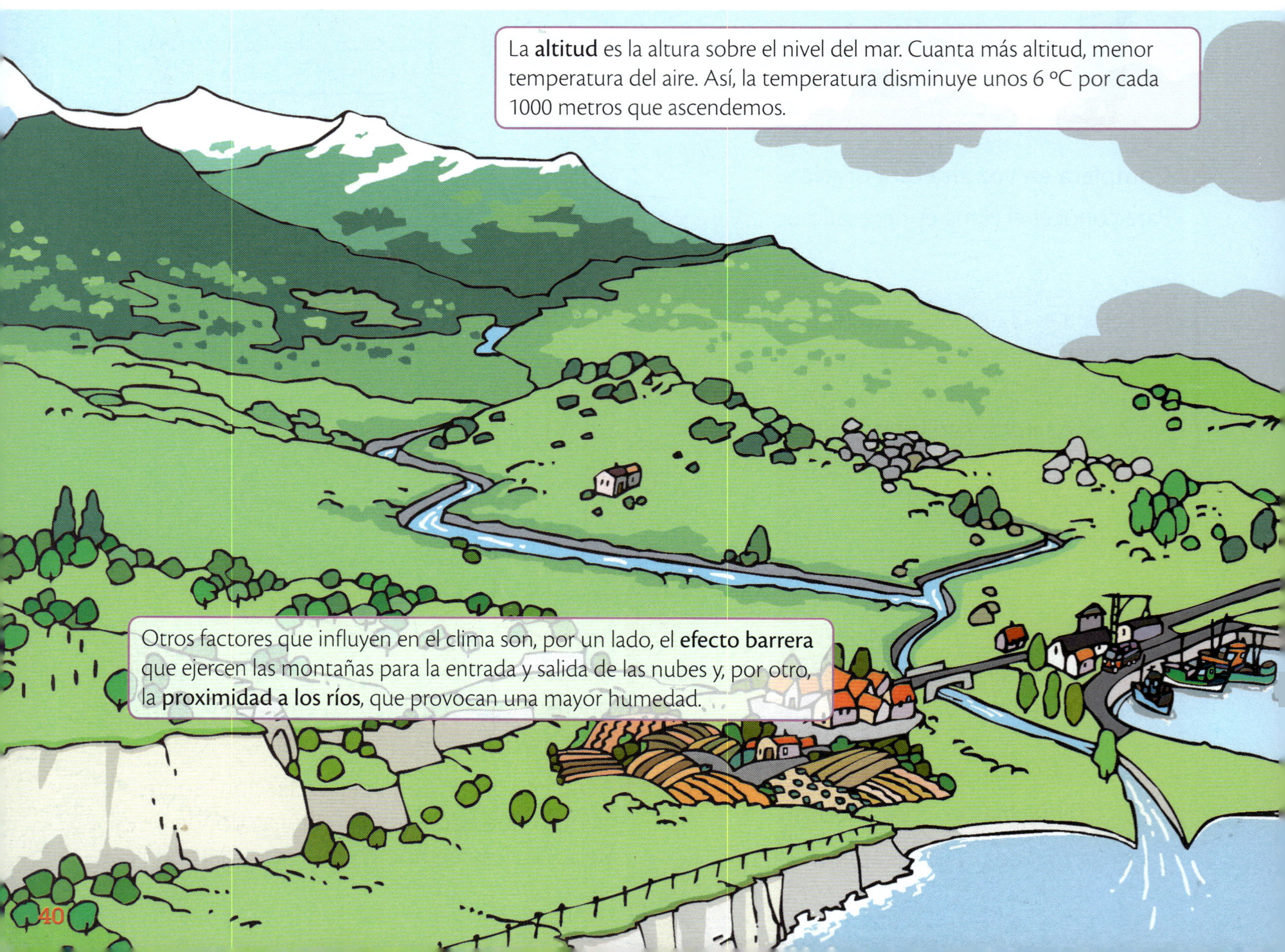

3 ¿Cómo influye la presencia de montañas en el clima de un lugar?

La **altitud**, la **distancia al mar**, la presencia de **barreras** naturales y la **latitud** determinan el clima.

Aplicamos

I G 4 **PON UN EJEMPLO** que conozcas para cada uno de los factores que intervienen en el clima y escribe oraciones como esta: En Sierra Nevada suele nevar en invierno, pues el clima allí es frío debido a la altitud.

- Altitud
- Efecto barrera
- Distancia o cercanía al mar
- Proximidad a los ríos

Comparte tus ejemplos con tus compañeros.

La **latitud**, es decir, la distancia respecto al ecuador, determina que vivamos en una zona fría, templada o cálida del planeta.
España está situada en la zona templada del hemisferio norte del planeta. Eso hace que las temperaturas en nuestro territorio no sean ni muy cálidas ni muy frías.

La **mayor o menor distancia al mar** de un lugar también influye en su temperatura: cuanto más próximo al mar está, mayor es su nivel de humedad y más suaves son sus temperaturas.

Nos activamos

Xoán vive en A Coruña y su prima Anna vive en Alicante. Un día de julio, Xoán le cuenta a Anna por Skype que está lloviendo desde ayer en su ciudad. Anna está sorprendida, porque en Alicante no llueve desde hace un mes.

1 **LOCALIZA EN EL MAPA.** ¿Dónde está A Coruña? ¿Y Alicante?

2 **RAZONA.** Si nosotros vivimos en la zona templada del planeta, ¿por qué en la montaña siempre hace más frío que en la playa? ¿Y por qué en el norte de la península Ibérica llueve mucho más que en las islas Canarias? ¡Hay tantas diferencias!

Comprendemos

España está situada en la zona templada de la Tierra, pero en nuestro país existen varios tipos de clima. Las diferencias se deben a factores como el relieve, la altitud o la distancia al mar.

Nuestros climas

En España existen cinco tipos de clima, aunque dos de ellos son variedades del mismo.

Clima oceánico

Se da en el **norte de la península Ibérica**. Por su proximidad al mar, las **temperaturas** son **suaves** durante todo el año, con pocas diferencias entre estaciones. Las **lluvias** son **abundantes**.

Clima de montaña

Se da en las **zonas de mayor altitud**. En **invierno**, las **temperaturas** son **frías** y las **precipitaciones** son de **nieve**. En **verano**, las temperaturas son **frescas** y las **lluvias** son **frecuentes**.

3 ¿Por qué hay distintos climas en España?

- España está en la **zona templada** del planeta.
- Los climas que se dan en España son: el **oceánico**, el de **montaña**, el **subtropical** y el **mediterráneo**.
- El clima mediterráneo puede ser de interior o de litoral.

Clima mediterráneo

Es el clima más extendido en la península Ibérica.

En el interior, los inviernos son fríos y los veranos son calurosos. Las precipitaciones son escasas y a veces son de nieve.

En el litoral, los inviernos son suaves y los veranos, cálidos. Las precipitaciones son escasas e irregulares.

Clima subtropical

Se da solo en las **islas Canarias**, más cercanas a la zona cálida del planeta. Allí las **temperaturas** son **cálidas** durante todo el año y las **precipitaciones**, por lo general, son **escasas**.

4 ¿Qué clima se da solo en el norte de la península Ibérica?

Aplicamos

Observa estas fotografías y atiende a lo que se pide a continuación.

Paisaje de Almería.

Paisaje de Pontevedra.

5 **Describe** lo que ves en las dos fotografías.

6 **Completa** en tu cuaderno las siguientes oraciones:

- En la foto de la izquierda, el cielo es ◆◆◆.
- En la imagen de la derecha está ◆◆◆.
- En el paisaje perteneciente a Almería, apenas hay ◆◆◆.
- La ◆◆◆ en el paisaje de Pontevedra es abundante, típica del clima ◆◆◆.

7 **Compara.** ¿En qué lugar crees que llueve más? Escribe en tu cuaderno las razones de tu respuesta.

8 **Analiza.** ¿A qué tipo de clima corresponde cada una de las imágenes?

9 **Comenta.** ¿Cómo es el clima en el sitio donde vives? Recoge la información en una tabla como esta.

	Primavera	Verano	Otoño	Invierno
Temperaturas	◆◆◆	◆◆◆	◆◆◆	◆◆◆
Precipitaciones	◆◆◆	◆◆◆	◆◆◆	◆◆◆

10 **Examina.** ¿Cuál es el clima o los climas que se dan en tu comunidad autónoma? Busca la información en tu *Atlas* y anota el resultado en tu cuaderno.

11 smMasSavia.com | Observa las diferencias entre el clima mediterráneo de interior y de litoral.

TRABAJAMOS LA COMPRENSIÓN LECTORA

12 **Localiza el tema.** ¿De qué trata el texto que aparece en el cartel, debajo de la palabra **Málaga**?

A. De la ciudad de Málaga.

B. De la gastronomía de Málaga.

C. Del clima de Málaga.

13 **Piensa en la finalidad del texto.** ¿Para qué crees que se ha escrito este texto? ¿En qué lugares crees que podrías encontrar un cartel como este?

14 **Localiza la idea principal.** ¿Cuál es la idea principal del texto? Según el cartel, en Málaga.

A. Puedes ir a la playa durante todo el año.

B. Hay un buen clima durante todo el año.

C. Hace calor durante todo el año.

15 **Busca información.** ¿Qué cosas ves en el cartel que te hagan pensar que en Málaga hace buen tiempo?

16 **Relaciona significados.** Lee el significado de la palabra eslogan y escribe en tu cuaderno cuál crees que es el **eslogan** del cartel.

> eslogan
> **(sustantivo masculino) Frase publicitaria breve, ingeniosa y fácil de recordar.**
> Aún no han decidido el eslogan para la campaña de lanzamiento del nuevo producto.

17 **Piensa en lo que dice el texto.** El Patronato Nacional del Turismo fue un organismo que funcionó en España entre 1928 y 1936 para atraer a los turistas. ¿Crees que se dedicaba únicamente a promocionar la ciudad de Málaga? ¿Por qué?

18 **Fíjate en la forma.** Dibuja un cartel turístico en el que se promocione la ciudad que quieras. Recuerda que tienes que incluir un eslogan y una imagen llamativa.

Nos activamos

1 **Observa** este dibujo. ¿Qué actividades humanas aparecen en él?

2 **Reflexiona.** ¿Crees que alguna de las actividades que aparecen en el dibujo contamina? ¿Cómo? ¿De qué manera puedes tú contribuir a frenar el cambio climático?

Comprendemos

Viajar en transporte público, reutilizar y reciclar materiales y reducir el consumo son acciones que podemos realizar y que ayudan a prevenir la contaminación y el cambio climático.

¿Qué es el efecto invernadero?

La atmósfera, la hidrosfera y la geosfera absorben la energía del Sol. Parte de esa energía es devuelta al espacio, pero otra parte **queda retenida** en la atmósfera gracias al vapor de agua, el dióxido de carbono y el metano (1).

Este fenómeno natural, conocido como **efecto invernadero**, acumula calor en la Tierra. Sin él, las temperaturas descenderían 30 °C y apenas podría existir vida en el planeta.

¿Qué es el calentamiento global?

Algunas actividades humanas (2, 3, 4, 5) emiten gases a la atmósfera, como el dióxido de carbono o el metano. Esto provoca que la acumulación de calor aumente de forma artificial y aumente el efecto invernadero.

Este ascenso de las temperaturas, más conocido como **calentamiento global**, puede provocar un cambio climático, con graves efectos para los seres vivos que habitan la Tierra.

Estas son dos de las **consecuencias** más perjudiciales.

¿CUÁLES SON LAS CAUSAS?

2. Los distintos **medios de transporte** producen gases que se quedan en la atmósfera.

smMasSavia.com

Efecto invernadero y calentamiento global.

1. El calentamiento funde los hielos y provoca el **aumento del nivel del mar**. Este hecho puede hacer que se inunden las zonas costeras del planeta.

2. El calentamiento provoca **sequías**, la **desertización** de regiones y el **cambio en los ecosistemas**. Algunos animales pueden extinguirse al no poder adaptarse.

3. La **agricultura** y la **ganadería** generan gases. Esto se debe al uso de fertilizantes y a la digestión de los animales.

4. La **deforestación** contribuye al aumento del dióxido de carbono.

5. El **uso de combustibles fósiles** en las fábricas y en los vehículos aumenta el dióxido de carbono.

3 ¿Cómo influye la agricultura en el calentamiento global?

- Algunas actividades humanas pueden provocar **efectos negativos sobre el clima**.
- Las soluciones son emitir menos gases, **consumir con responsabilidad** y alcanzar un **desarrollo sostenible**.

Aplicamos

4 **OBSERVA Y EXPLICA** qué se ve en la imagen. ¿Qué significan las flechas?

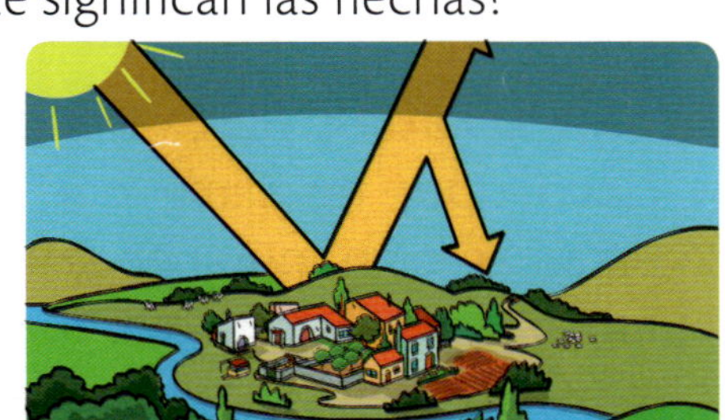

5 **RAZONA.** ¿Por qué el efecto invernadero recibe ese nombre?

6 **INVESTIGA** cuáles son los problemas ambientales más urgentes de tu localidad. A continuación, prepara una breve redacción con un compañero.

7 **ESCRIBE** las dos columnas en tu cuaderno y relaciona los conceptos de cada una.

Tala de bosques •	• Acumulación de residuos
Calefacción •	• Desertificación
Basuras •	• Contaminación

COMPROBAMOS LO APRENDIDO

1 **COMPLETA** este esquema en tu cuaderno.

- **LA ATMÓSFERA** → es la ◆◆◆ de aire que rodea la ◆◆◆
  - **El tiempo atmosférico**
    - → es ◆◆◆
    - → depende de
      - → la ◆◆◆ del aire → se mide con ◆◆◆
      - → la ◆◆◆ → se mide con ◆◆◆
      - → el ◆◆◆ → se mide con ◆◆◆
  - **El clima**
    - → es ◆◆◆
    - → depende de
      - → la latitud → Zonas climáticas:
        - fría
        - ◆◆◆
        - ◆◆◆
      - → la ◆◆◆
      - → el ◆◆◆
      - → el ◆◆◆
    - → en España puede ser →
      - oceánico
      - ◆◆◆
      - de ◆◆◆
      - mediterráneo de ◆◆◆
      - mediterráneo de ◆◆◆
  - **El clima puede cambiar por**
    - → el ◆◆◆ global
    - → el efecto ◆◆◆

2 **ELABORA** otro esquema sobre las estaciones meteorológicas con estos apartados:

- ¿Qué son?
- ¿Para qué sirven?
- ¿Qué aparatos utilizan?

3 **COMPLETA** esta tabla en tu cuaderno escribiendo las características de los tipos de clima que existen en España.

Oceánico	Subtropical	De montaña	Mediterráneo
◆◆◆	◆◆◆	◆◆◆	◆◆◆

4 **CORRIGE** en tu cuaderno los errores que hay en estas oraciones:

- El clima depende de la latitud y la altitud.
- En España hay dos tipos de clima.

5 **RECUERDA** lo que has aprendido en la unidad respondiendo a estas preguntas:

a. ¿Qué es el clima?

b. ¿En qué se diferencia el clima del tiempo atmosférico?

c. ¿Se puede determinar el clima de un lugar en un solo día? ¿Por qué?

d. ¿Qué otros factores intervienen en la presencia de un clima en una zona?

6 **INVESTIGA Y ELABORA.** Busca climogramas de los cinco tipos de clima que hay en España para hacer un mural en grupo. Copia en una cartulina el mapa que aparece en el epígrafe 6. Busca fotos que representen cada tipo de clima y pégalas por todo el mapa.

7 **DEFINE** qué es la atmósfera utilizando las siguientes palabras:

envuelve | aire | capa | universo | Tierra

8 **OBSERVA** los siguientes aparatos y responde las preguntas.

a. ¿Cómo se llama cada uno de ellos?

b. ¿Para qué sirven?

c. ¿Crees que se pueden utilizar de forma individual? Razona tu respuesta.

I G 9 **OPINA.** Algunos fenómenos atmosféricos provocan graves problemas para las personas, los animales, los cultivos y los pueblos y ciudades donde tienen lugar. ¿Qué ejemplos conoces? ¿Cómo se podrían solucionar? Ponlos en común con tus compañeros.

10 **RECUERDA LO QUE SABES.** Fíjate en la ilustración y describe en tu cuaderno las capas de la atmósfera.

11 **RELACIONA** cada afirmación con alguno de los climas que se dan en España.

- Las precipitaciones que se producen en invierno son en forma de nieve.
- Las temperaturas son cálidas durante todo el año y apenas llueve.
- Los inviernos son suaves y los veranos, cálidos. Llueve de forma irregular.

Mi diario

1 Pienso y escribo lo último que he aprendido y que más me ha gustado acerca del tiempo atmosférico.

2 ¿Qué es lo que más me ha costado aprender sobre los climas de España?

3 ¿Cómo me he sentido al conocer los problemas de contaminación que hay en el planeta?

4 Me ha gustado mucho saber que...

smMasSavia.com | Autoevaluación.

3

El planeta del agua

Diferenciar las masas de agua en la hidrosfera.

¿Cómo se almacena el agua de lluvia en las nubes? ¿Adónde va el agua de un charco cuando se seca?

Conocer las características de las aguas marinas y continentales.

¿Cómo es el fondo del mar? ¿Adónde va a parar el agua de los ríos?

Estudiar la formación de los ríos.

¿Dónde nace un río? ¿Cómo surge? ¿Son iguales todos los ríos que conoces?

smMasSavia.com

Lo que ya sé.

1 La hidrosfera y el ciclo del agua

Nos activamos

1 **Observa y comenta** esta imagen. Imagina que puedes dar la vuelta a nuestro planeta por tierra y por mar. ¿Qué harías más, caminar o nadar?

2 **Escribe** en tu cuaderno una oración que relacione esta imagen con la anterior.

Comprendemos

La Tierra está cubierta por una **gran capa de agua**. Es la llamada **hidrosfera**. Esta capa ocupa, aproximadamente, tres cuartas partes de la superficie de nuestro planeta, como se muestra en el ejemplo de los vasos.

¿Cómo es la hidrosfera?

El agua de la hidrosfera es siempre la misma, pero puede aparecer en **tres estados**:

- El agua **líquida**, que puede ser **salada**, como la de los océanos y mares, o **dulce**, como la de los ríos, lagos y aguas subterráneas.
- El agua en estado **sólido.** Puede verse en forma de **hielo** o de **nieve**. Así sucede en los **Polos** Norte y Sur, y también en las **montañas más elevadas** del planeta. La mayor parte del agua dulce de la Tierra se halla en estado sólido.
- El agua en **estado gaseoso**. Es el vapor de agua presente en el aire que nos rodea. En días muy soleados, los charcos se secan y el agua líquida que los formaba se convierte en vapor de agua.

3 **¿Cuáles son los tres estados en los que podemos encontrar el agua?**

¿Cómo se transforma el agua?

La cantidad de agua que hay en nuestro planeta es siempre la misma. Sin embargo, el agua **circula** constantemente de un lugar a otro y **cambia de estado** varias veces. A este proceso lo llamamos el **ciclo del agua**.

4 Sobre la imagen, repasa con el dedo el recorrido que hace el agua en la naturaleza.

- La **hidrosfera** es el conjunto de toda el agua del planeta.
- El agua presente en la Tierra puede encontrarse en **estado líquido, sólido** o **gaseoso**.
- El agua circula constantemente en el planeta en el **ciclo del agua**.

Aplicamos

5 **PIENSA.** ¿En qué estado se encuentra el agua en cada uno de estos casos?

lago niebla granizo

6 smMasSavia.com | Comprueba cómo cambia el estado del agua en el ciclo natural.

7 **COMPLETA** en tu cuaderno este esquema sobre los cambios de estado en el ciclo del agua.

Nos activamos

1 **PIENSA Y EXPLICA.** ¿Cómo podrías diferenciar a simple vista un vaso que contiene agua salada de otro que contiene agua dulce?

Comprendemos

En la naturaleza es más sencillo observar la diferencia entre agua dulce y agua salada. Por lo general, el agua salada solo la encontramos en mares y océanos.

¿Cómo son los océanos?

Los **océanos** son **enormes extensiones de agua salada** que cubren gran parte de la superficie de la Tierra. Son cinco:

- **Océano Ártico**. Rodea el Polo Norte. Es el menor de los océanos.
- **Océano Atlántico**. Es el segundo más extenso, y baña las costas occidentales españolas.
- **Océano Pacífico.** Es el más extenso y profundo, y el que más islas y archipiélagos tiene.
- **Océano Índico**. Es el tercer océano del planeta en extensión.
- **Océano Antártico**. Baña la Antártida y se congela en invierno.

¿Cómo son los mares?

Los **mares** son también extensiones de agua salada, pero **más pequeñas, menos profundas** y con mayor concentración de sal que los océanos. Los mares pueden ser:

- **Costeros.** Ocupan zonas costeras de los océanos. El mar Cantábrico de la costa norte española es un mar costero del océano Atlántico.
- **Continentales.** La tierra los rodea por todos lados salvo por un estrecho que los comunica con el océano. El mar Mediterráneo, que baña las costas orientales españolas, es un mar continental.
- **Cerrados.** Están completamente rodeados de tierra, como el mar Caspio, situado entre Europa y Asia.

2 **Nombra los cinco océanos y cita una característica de cada uno de ellos.**

3 **¿Cuál es la diferencia entre un océano y un mar?**

¡Agua que viene y va!

El agua de los mares y océanos nunca se para. Las **mareas** se producen por la atracción entre la Tierra y la Luna, y además la acción del viento en la superficie del agua produce **olas**. También hay masas de agua que se desplazan con una dirección fija y constante, formando las **corrientes**.

TRABAJAMOS LA COMPRENSIÓN LECTORA

El fondo oceánico

¿Has pensado en qué hay bajo el agua de los océanos? Si pudieses bucear sin límite hacia el fondo, encontrarías zonas con distinta profundidad, desde las aguas poco hondas de la costa hasta los 11 kilómetros de profundidad.

Estas diferencias se deben al relieve del fondo oceánico. Observa este perfil del fondo marino:

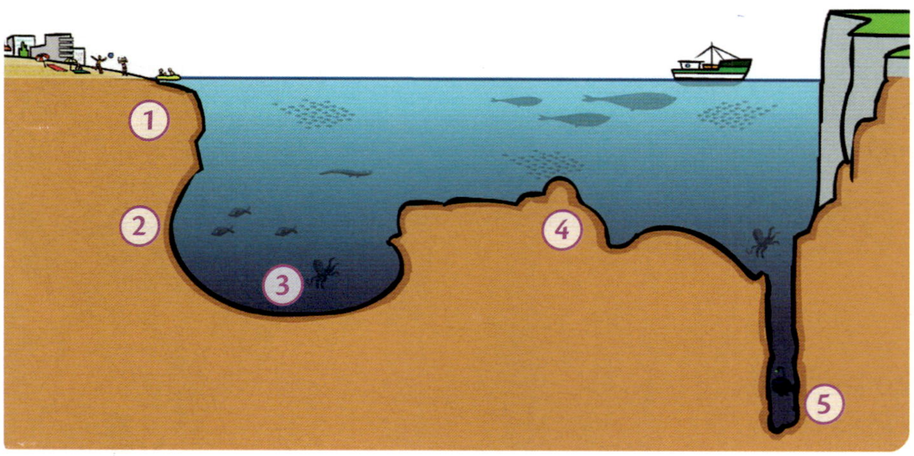

1. Plataforma continental. Zona próxima a la costa. De 0 a 200 metros de profundidad.
2. Talud continental. Zona entre la plataforma continental y las profundidades del océano.
3. Fondo abisal. Fondo oceánico. Alcanza unos 2000 metros de profundidad.
4. Dorsal oceánica. Cordilleras bajo el océano. Pueden incluso formar islas en la superficie.
5. Fosa oceánica. Zonas muy profundas que alcanzan hasta los 11 000 metros de profundidad. La fosa más profunda del planeta es la de las Marianas, en el océano Pacífico.

4 **LOCALIZA EL TEMA.** ¿Cuál crees que es la idea principal del texto?

A. Las zonas más profundas del fondo oceánico tienen 11 000 metros.

B. En el fondo de los océanos el relieve es muy variado, como ocurre en la superficie de la Tierra.

C. Cuanto más nos alejamos de la costa, más profundo es el fondo oceánico.

5 **BUSCA INFORMACIÓN.** Completa en tu cuaderno estas oraciones.

- El ◆◆◆ también se conoce como fondo oceánico.
- Alguna ◆◆◆ puede formar islas en la superficie.
- Se conoce como ◆◆◆ a la zona más próxima a la costa.

- Los **océanos** y los **mares** son grandes acumulaciones de agua salada sobre la superficie de la Tierra.
- Existen **cinco grandes océanos**: Ártico, Atlántico, Pacífico, Índico y Antártico.
- Los mares pueden ser **costeros, continentales** o **cerrados**.

Aplicamos

6 **OBSERVA** el mapa y di a qué océanos se refieren estas descripciones.

- Único océano que baña las aguas de España.
- Océano situado más al sur del planeta.
- Océano que baña la costa oeste del continente americano.
- Océano ubicado más al norte del planeta.
- Océano que baña África, Oceanía y parte de Asia.

7 **LOCALIZA** los mares que aparecen numerados en el mapa e indica qué tipo de mares son.

1. Mediterráneo | 2. Cantábrico | 3. Caspio | 4. Caribe | 5. Arábigo

8 **ORDENA Y ESCRIBE** en tu cuaderno las partes del fondo oceánico, de la más elevada a la más profunda.

9 **FÍJATE EN EL MAPA.** ¿Cómo se señalan las zonas de distinta profundidad en los mares y océanos?

10 **DIBUJA** en tu cuaderno un perfil del relieve oceánico que incluya una isla formada por una dorsal oceánica.

11 **PREPARA LA TAREA.** Busca en internet o en un periódico una previsión del tiempo que incluya el estado del mar y coméntala en clase.

LOS OCÉANOS Y LOS MARES DE LA TIERRA

Tierra del Noreste
Tierra de Francisco José
Tierra del Norte
Islas de Nueva Siberia
OCÉANO GLACIAL ÁRTICO
Nueva Zembla
Mar de Kara
Mar de Barents
Mar de Laptev
Mar de Siberia Oriental
Isla Wrangel
Estrecho de Dinamarca
Mar de Groenlandia
Islandia
Península Escandinava
Península de Kola
Península de Yamal
Península de Guidán
Montes Byrranga
Meseta de Siberia Central
Montes Cherski
Montes de Kolima
Montes Koriakos
Estrecho de Bering
Círculo Polar Ártico
Lago Onega
Lago Ladoga
Lago Peipus
Llanura de Europa Oriental
Montes Urales
Llanura de Siberia Occidental
Río Obi
Río Yeniséi
Río Lena
Río Angara
Río Vitim
Montes Stanovoi
Mar de Ojotsk
Península de Kamchatka
Mar de Bering
Islas Aleutianas
Islas Británicas
Mar del Norte
Mar Báltico
Gran Bretaña
Irlanda
Canal de la Mancha
Europa
Asia
Lago Baikal
Meseta de Kazajistán
Lago Baljash
Mar de Aral
Mar de Azov
Mar Negro
Mar Caspio
Cáucaso
Alpes
Mont Blanc (4.807 m)
Mar Cantábrico
Península Ibérica
Córcega
Cerdeña
Sicilia
Creta
Chipre
Islas Baleares
Balcanes
Península de Anatolia
Apeninos
Cárpatos
Río Danubio
Río Volga
Río Don
Río Dniéper
Islas Azores
Estrecho de Gibraltar
Mar Mediterráneo
Canal de Suez
Península del Sinaí
Isla Madeira
Islas Canarias
Gran Atlas
Desierto de Gobi
Tian Shan
Lago Nur
Desierto de Kara Kum
Meseta de Pamir
Desierto de Takla Makan
K2 (8.611 m)
Meseta del Tibet
Montes Kunlun
Karakorum
Himalaya
Meseta del Irán
Nanda Devi (7.817 m)
Everest (8.848 m)
Río Amarillo
Río Chang Jiang
Gran Llanura China
Mar Amarillo
Península de Corea
Mar del Japón
Archipiélago Japonés
Mar de China Oriental
Islas Ryukyu
Taiwán
OCÉANO PACÍFICO
Trópico de Cáncer
Islas Kuriles
Montes Gran Jingán
Río Amur
Meseta de China Meridional
Desierto Líbico
Desierto de Nafud
Península Arábiga
Golfo Pérsico
Golfo de Omán
Península del Indostán
Mar Arábigo
Golfo de Bengala
Península de Indochina
Mar de China Meridional
Filipinas
Mar de Filipinas
Islas Marianas
Micronesia
Islas Marshall
Islas Carolinas
Macizo de Ahaggar
Sahara
Montes Tibesti
Lago Nasser
Mar Rojo
Desierto de Rub al Jali
Islas Cabo Verde
Río Senegal
Lago Chad
Golfo de Adén
Isla Socotora
Islas Laquedivas
Islas Andamán
África
Macizo Etiópico
Península de Somalia
Cabo Comorín
Sri Lanka
Islas Maldivas
Península de Malaca
Borneo
Sumatra
Ecuador
Lago Volta
Río Níger
Camerún (4.070 m)
Golfo de Guinea
Cuenca del Congo
Rift Valley
Lago Turkana
Kenia (5.199 m)
Ruwenzori (5.109 m)
Lago Victoria
Kilimanjaro (5.895 m)
Lago Tanganika
Islas Seychelles
Isla Pemba
Isla Zanzíbar
Islas Comoras
Pico Java (5.080 m)
Nueva Guinea
Islas Molucas
Islas Célebes
Java
Melanesia
Islas Salomón
Timor
Mar de Arafura
Mar de Timor
Monte Wilhelm (4.509 m)
Isla Christmas
Oceanía
Islas Fiyi
Río Zambeze
Canal de Mozambique
Madagascar
Isla Mauricio
Isla Reunión
Isla Santa Elena
Cabo Noroeste
Desierto Tanami
Mar de Coral
Islas Nuevas Hébridas
Nueva Caledonia
Trópico de Capricornio
Desierto de Kalahari
Río Orange
Montes Drakensberg
Cabo de Buena Esperanza
Cabo Recife
OCÉANO ÍNDICO
Desierto de Gibson
Montes Macdonnell
Gran Desierto Victoria
Gran Cordillera Divisoria
Río Murray
Cabo Leeuwin
Gran Bahía Australiana
Isla Amsterdam
Isla Saint Paul
Estrecho de Bass
Tasmania
Mar de Tasmania
Isla Norte
Monte Cook (3.764 m)
Nueva Zelanda
Isla Sur
Isla Gough
Islas Príncipe Eduardo
Islas Crozet
Islas Kerguelen
Islas Heard
Islas Georgias del Sur
Islas Sandwich del Sur
OCÉANO GLACIAL ANTÁRTICO
Círculo Polar Antártico
1
2
3
5

Nos activamos

1 **Relaciona.** El agua que sale por los grifos llega a través de una extensa red de tuberías repartidas por todo el territorio. ¿De dónde proviene el agua del manantial de la fotografía?

Comprendemos

El agua que sale de nuestros grifos ha recorrido un circuito natural, tanto superficial como subterránea, antes de llegar a la red de tuberías creada por las personas por debajo de la superficie del suelo.

¿Dónde están las aguas continentales?

Las aguas continentales son las **aguas dulces** que encontramos en los **continentes**. Estas aguas provienen de las **precipitaciones**, que suceden al condensarse el **agua evaporada del mar**.

Las formaciones de agua dulce pueden hallarse en distintos lugares, tanto en la superficie como bajo tierra.

depresiones: hundimientos de parte de un cuerpo o de una superficie.

cauce: lugar por el que corren las aguas de un río.

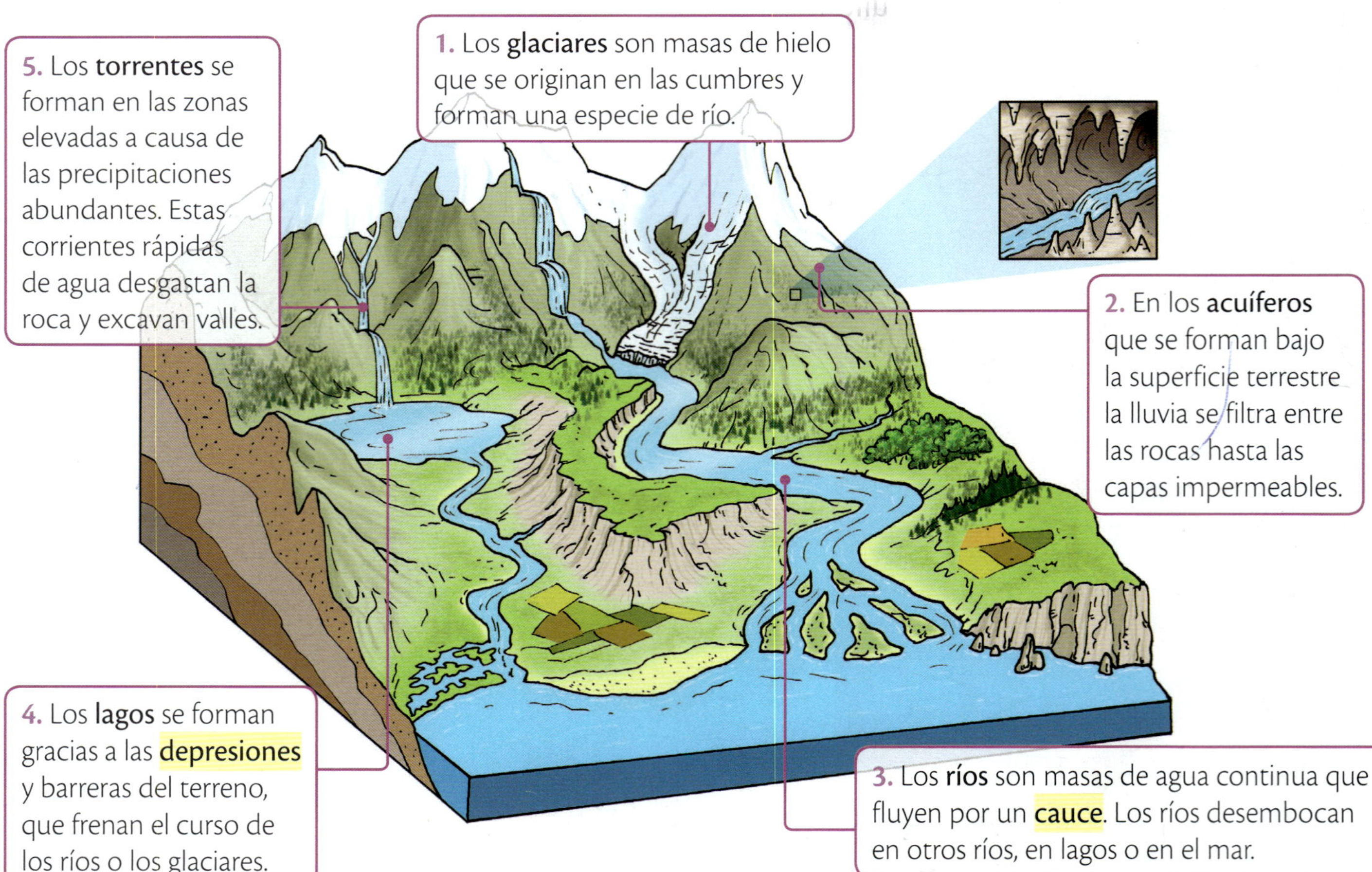

2 ¿Qué es un glaciar? ¿Y un río? Señala las diferencias entre ambos.

Formación de aguas subterráneas

Las aguas subterráneas son aquellas que encontramos bajo la superficie. Parte procede del agua de los **ríos**, que penetra en la tierra. Otra gran parte procede de las **precipitaciones** y se **infiltra** bajo la tierra.

Esta agua se acumula bajo tierra sobre capas de materiales impermeables. Así se forman los **acuíferos**, que son las mayores **reservas de agua dulce** del planeta.

El agua de los acuíferos puede brotar a través de **manantiales** naturales. Otras veces, las personas excavan **pozos** para acceder a las aguas subterráneas.

Sin embargo, estas reservas de agua subterránea del planeta podrían llegar a acabarse si no hacemos un uso responsable del agua que consumimos.

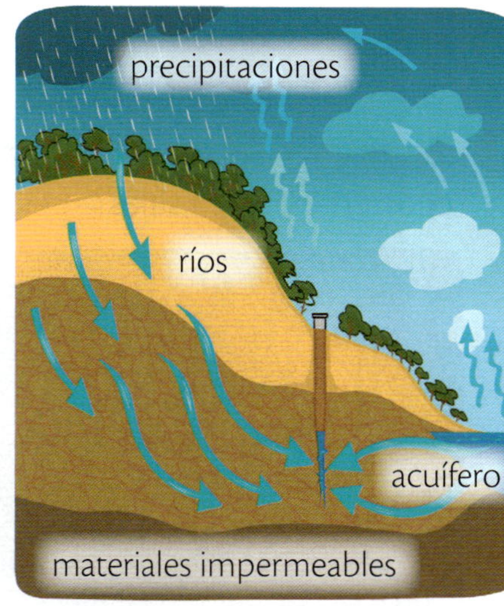

3 **¿Por qué se acumula el agua en los acuíferos en lugar de seguir filtrándose?**

- Las **aguas continentales** son aguas **dulces** que provienen de la lluvia y forman torrentes, ríos, lagos y glaciares.
- El agua **subterránea** forma **acuíferos**, que son grandes reservas de agua dulce bajo tierra.

smMasSavia.com

¿Cómo son las aguas continentales?

Aplicamos

4 **OBSERVA Y DESCRIBE.** Fíjate en la imagen de las aguas continentales y explica las características de cada una de las diferentes formaciones de agua en tu cuaderno. Dibuja un paisaje con tres de ellas.

5 **EXPLICA** qué quiere decir la siguiente afirmación:

Las mayores reservas de agua dulce se encuentran bajo tierra.

6 **CLASIFICA** las siguientes formaciones de agua según sean aguas superficiales o subterráneas.

glaciar

acuífero

torrente

4 La formación de los ríos

Nos activamos

1 **OBSERVA Y DESCRIBE.** ¿Cómo imaginas que serán los ríos que recorren estos paisajes?

Comprendemos

Los ríos españoles son muy diferentes entre sí, en función del relieve o el clima. En las zonas montañosas son más estrechos, y en las zonas con clima mas lluvioso, llevan más agua. Pero ¿cómo se forman los ríos?

Las partes de un río

Las montañas reciben grandes cantidades de agua de lluvia y de humedad. La acumulación de esta agua y el relieve contribuyen a la formación de los ríos. La cantidad de agua que los forma es el **caudal**.

En los ríos se diferencian **tres diferentes partes o cursos**:

Curso alto. Comprende el nacimiento del río entre montañas. Al bajar por grandes pendientes, los ríos son rápidos, estrechos y arrastran sedimento, como rocas.

Curso medio. Es la parte donde el terreno se hace más llano y los ríos se vuelven más anchos y lentos. Al depositar los sedimentos que llevan, forman curvas llamadas meandros.

Curso bajo. Está cerca de la desembocadura, donde las aguas son aún más lentas. Allí, el río deposita el resto de los materiales sólidos que ha arrastrado y forma deltas.

LA FORMACIÓN DE LOS RÍOS

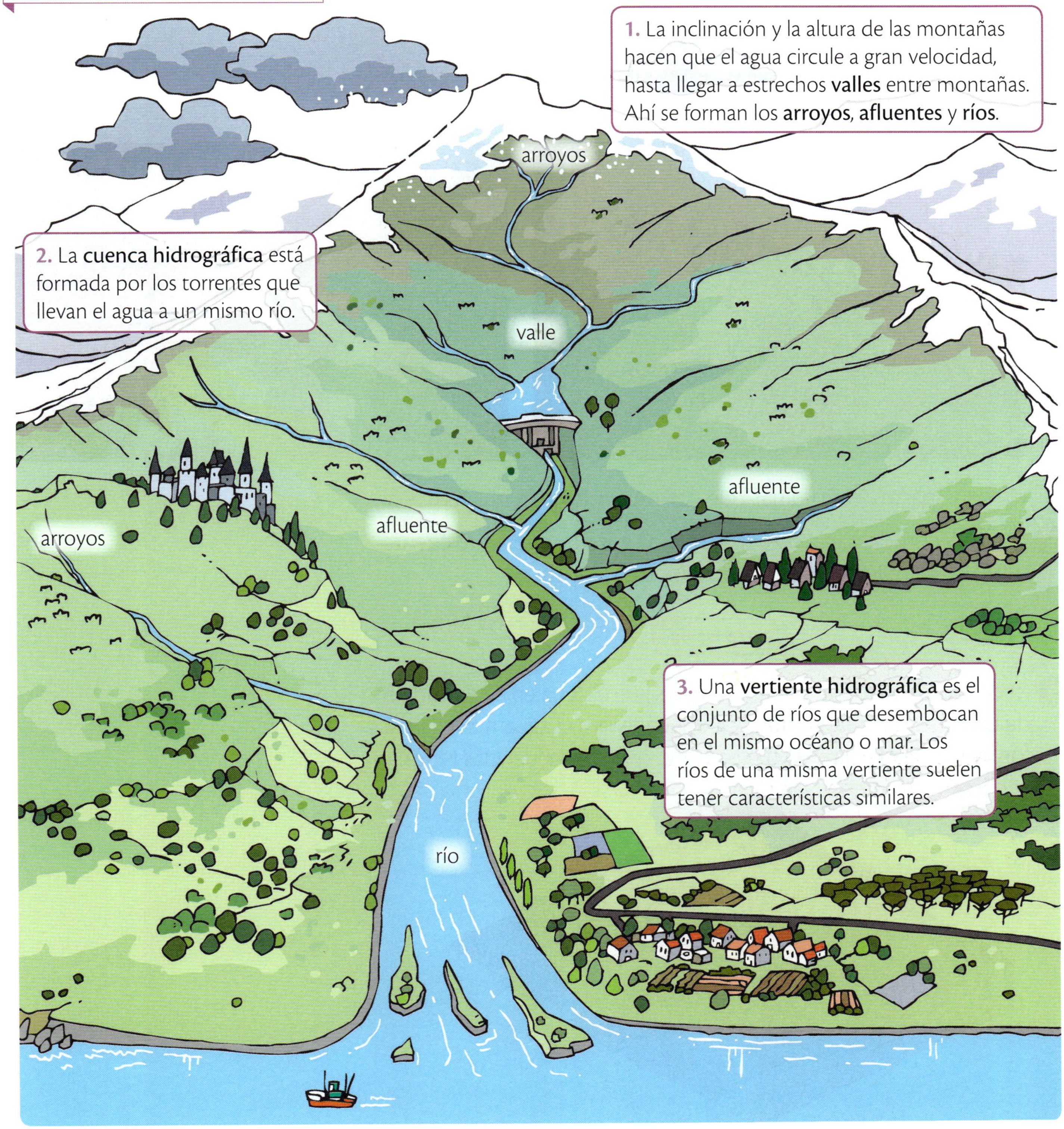

2 Señala en la ilustración las partes de un río. ¿En qué lugares nacen los ríos? ¿Y cómo son las zonas donde desembocan?

- Los **ríos españoles** tienen características muy diferentes entre sí, en función del **relieve** o el **clima**.
- Las diferentes **partes del curso** de un río son curso **alto**, curso **medio** y curso **bajo**.

smMasSavia.com

Comprueba si conoces los ríos y afluentes de España.

Aplicamos

3 **Observa y señala** en cuál de estas imágenes crees que el agua discurre más rápidamente.

- ¿A qué parte del río dirías que corresponde cada imagen?

4 **Escribe** cómo imaginas el viaje de una gota de agua que cuenta su recorrido a lo largo de un río. Usa estas palabras.

curso alto   curso medio   curso bajo

5 **Recorre** con el dedo el camino que sigue el agua en este modelo de una cuenca hidrográfica. ¿Qué sucedería si el agua no llegase a formar un río? Escribe en tu cuaderno qué consecuencias tendría.

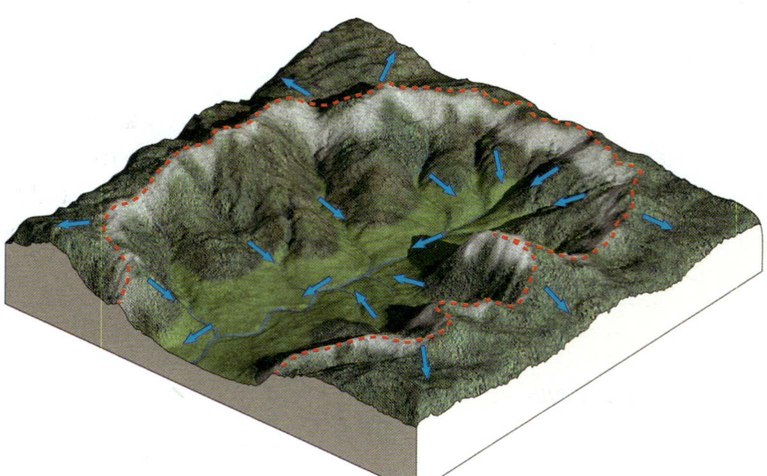

6 **Copia el crucigrama** en tu cuaderno y escribe el término al que se refieren las siguientes definiciones.

- Curva de los ríos en su curso medio.
- Depósito de materiales sólidos en el curso bajo arrastrados por un río.
- Cantidad de agua que lleva un río.

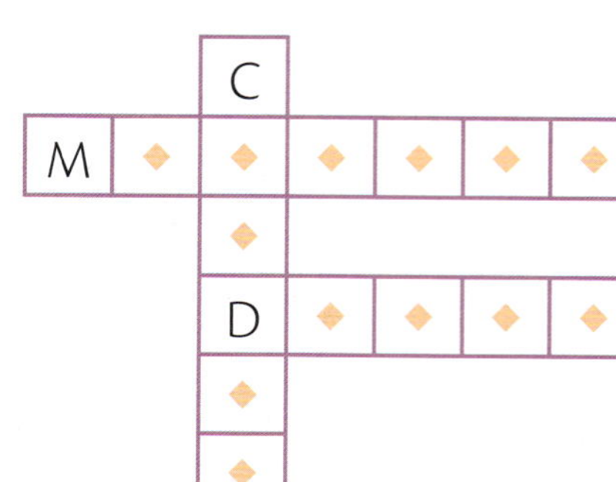

Taller

CLASIFICA RÍOS SEGÚN SU VERTIENTE

Observa este mapa con algunos de los principales ríos de España y crea un fichero en equipo.

Paso 1. **Leed estas características** generales de los ríos y, entre todos, **asignadlas a la vertiente** que creáis que corresponden:

Ríos muy largos y caudalosos cuando atraviesan la Meseta, con caudal irregular. Ríos con caudal abundante y regular cuando recorren el noroeste de la Península.	Ríos cortos porque la distancia que recorren desde que nacen hasta el mar es pequeña. Tienen caudal abundante y regular, porque se sitúan en zonas en las que llueve bastante.	Ríos cortos porque nacen en montañas próximas al mar Mediterráneo. Con poco caudal e irregular, algunos incluso llegan a secarse en verano.

Paso 2. **Dividid** la clase en tres grupos, uno por cada vertiente española.

- Cada grupo **elige un río** y **elabora una ficha** con las siguientes características.

Paso 3. **Comprobad** en cada grupo si **las características generales** que aparecen en el paso 1 **coinciden** con las características particulares de los ríos que habéis investigado.

Paso 4. Juntad todas las fichas que habéis elaborado y **cread un fichero** de los ríos españoles para consultar cuando necesitéis.

- Nombre: ____________
- Lugar donde nace: _____
- Desembocadura: ______
- Longitud:____________
- Caudal:
  abundante / medio
  escaso / regular / irregular

COMPROBAMOS LO APRENDIDO

1 ORGANIZA LA INFORMACIÓN. Copia este esquema en tu cuaderno.

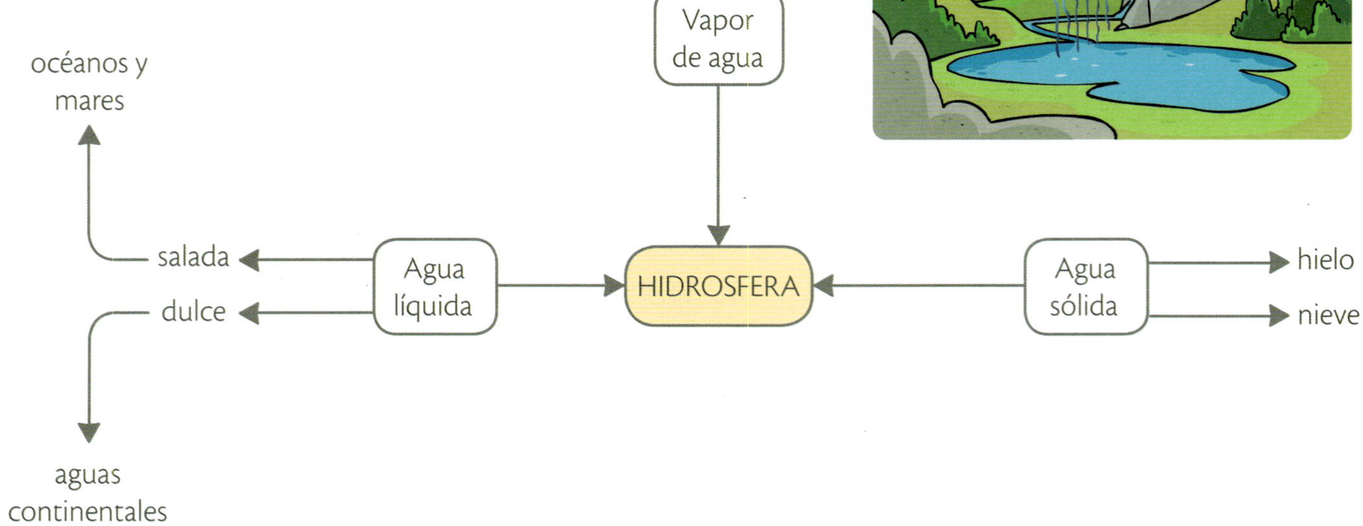

2 COMPLETA el esquema en tu cuaderno con lo que has aprendido sobre las aguas marinas y continentales.

3 RELACIONA esta imagen con el esquema. ¿Qué representa? ¿En qué lugar del esquema lo situarías? Señálalo en el esquema de tu cuaderno.

4 PIENSA en un ejemplo de agua que haya en tu casa para cada uno de los tres estados. ¿Cómo se ha obtenido el agua sólida? ¿Y el vapor de agua?

5 EXPLICA en tu cuaderno cómo se forman las nubes.

6 RELACIONA las imágenes con las definiciones.

A. Gran extensión de agua salada.

B. Masa formada por pequeñas gotas de agua.

C. Corriente de agua dulce.

7 RECUERDA. ¿Qué aguas abundan más en la Tierra, las marinas o las continentales? ¿Y en el lugar donde vives?

- Cita tres actividades diarias que realizas con agua.

8 **IDENTIFICA** los océanos señalados en esta imagen.

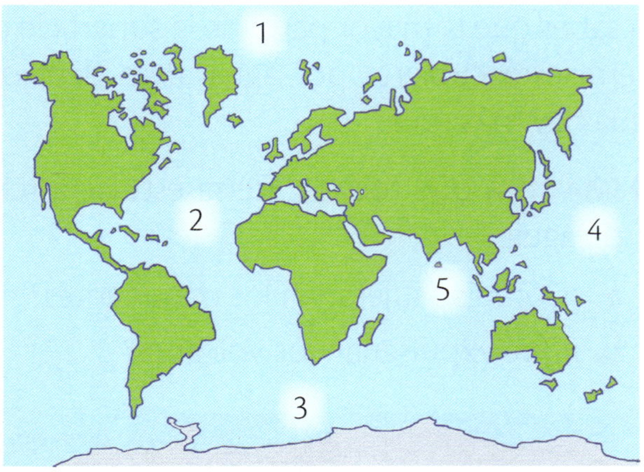

9 **DEFINE** en tu cuaderno las partes del fondo oceánico, de la más elevada a la más profunda.

plataforma continental | talud continental | dorsal oceánica | fosa oceánica | fondo abisal

10 **EXPLICA** qué es un acuífero y cómo se forma. ¿Qué representa cada uno de estos elementos en la ilustración?

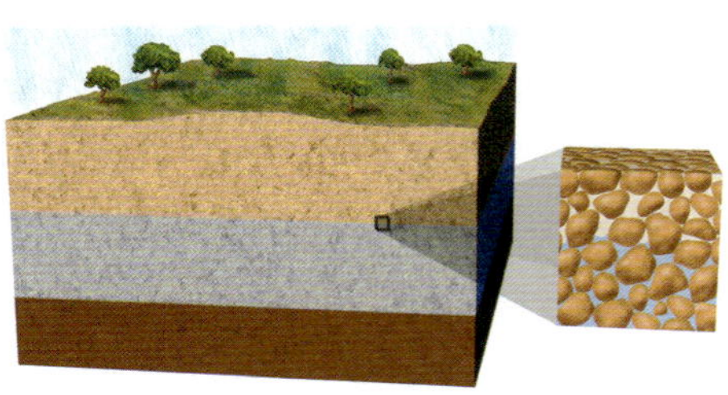

11 **DEFINE** con tus palabras los siguientes términos relacionados con los ríos.

curso | caudal | vertiente | cauce

12 **INDICA** cuáles son los tramos en los que se divide el curso de un río y sus características.

13 **CORRIGE** esta afirmación en tu cuaderno y nombra las tres vertientes de los ríos españoles.

> Los ríos españoles de diferentes vertientes tienen unas características muy parecidas entre sí.

14 **REFLEXIONA.** ¿Por qué se llama a la Tierra el planeta azul?

15 **FORMULA UNA HIPÓTESIS** Lee el siguiente texto y explica cómo puede ser cierta esta afirmación.

> La cantidad total de agua que existe en la Tierra, en sus tres fases, sólida, líquida y gaseosa, se ha mantenido constante desde la aparición de la humanidad.

Mi diario

1. ¿Qué quiero contar esta tarde en casa de lo que he aprendido en el colegio?
2. ¿Me ha ayudado alguien hoy y se lo quiero agradecer ahora?
3. ¿Cómo me he sentido cuando hacía la última actividad?

smMasSavia.com | Autoevaluación.

4 Un planeta hecho de rocas

Comprender cómo es la geosfera y su formación.

¿Qué hay debajo del suelo que pisamos? ¿De qué está hecha la masa caliente que expulsan los volcanes?

Conocer las características de la litosfera.

¿Por qué hay montañas y valles? ¿Cómo se han formado las montañas?

Identificar rocas y minerales.

¿Es lo mismo una roca que un mineral? ¿Para qué podemos utilizarlos?

smMasSavia.com

Lo que ya sé.

1 ¿Qué es la geosfera?

Nos activamos

Ya sabes que la mayor parte de la superficie de la Tierra está cubierta por agua. Pero debajo del agua hay más roca.

1 **IMAGINA** que toda la Tierra estuviera rellena de agua.

a. ¿Cómo se sujetarían los continentes?

b. ¿Qué expulsarían los volcanes?

Comprendemos

El agua cubre solo la capa más superficial de la corteza terrestre. Bajo esta corteza, todo es roca. Hay una proporción mayor de roca que de agua.

La profundidad de la Tierra

La **geosfera** es la gran **masa rocosa** que compone el planeta. Tiene una forma **casi esférica**, aunque algo achatada por los polos.

Esa esfera rocosa mide casi 13 000 kilómetros de diámetro y su centro se encuentra a miles de grados de temperatura. Por eso, los científicos solo han profundizado unos miles de metros en la corteza terrestre.

La **geosfera** está formada por tres capas: **núcleo**, **manto** y **corteza**.

diámetro: línea que pasa por el centro de un círculo y lo divide en dos partes iguales.

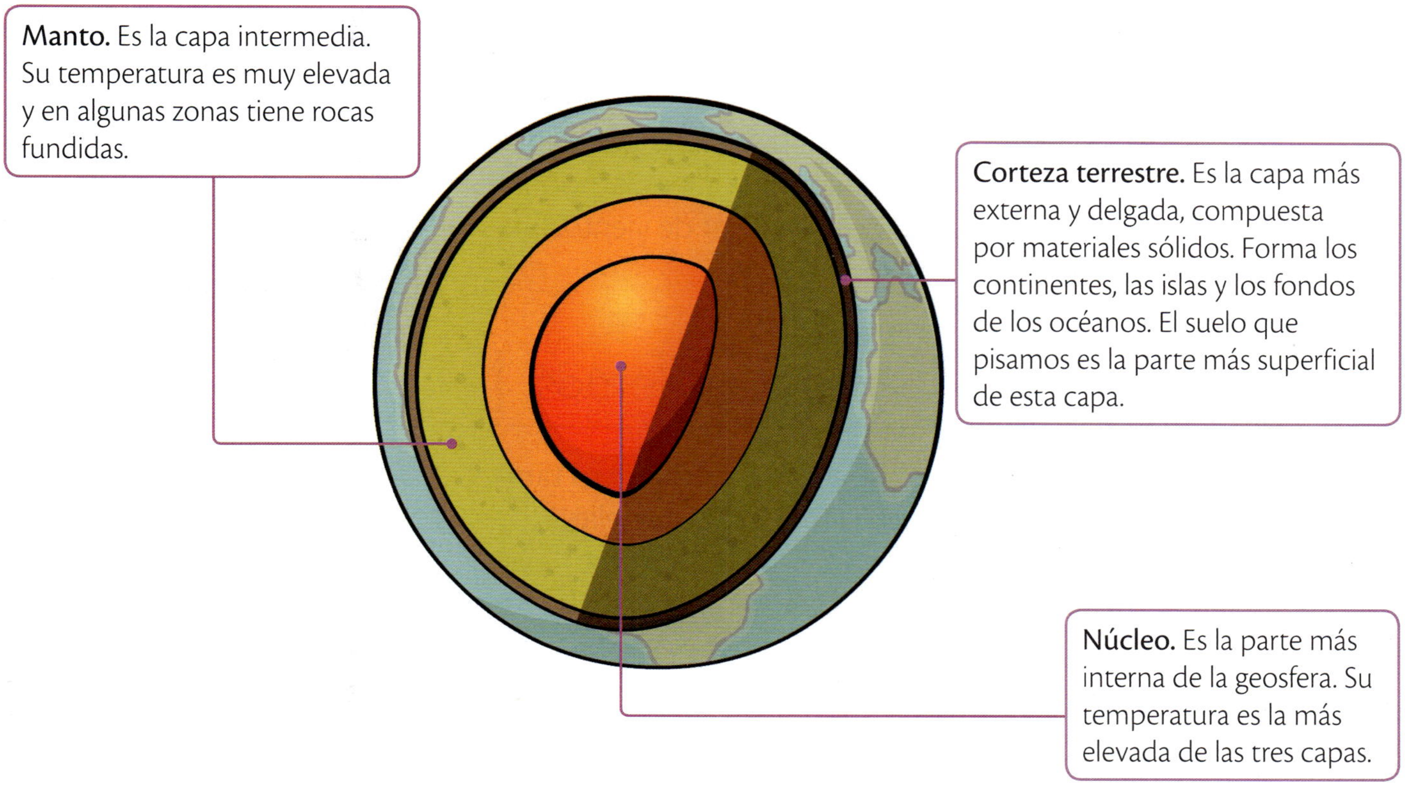

2 ¿A qué capa de la geosfera pertenece el suelo que pisamos?

3 Completa en tu cuaderno la siguiente oración con la opción correcta: La geosfera es la gran masa rocosa…

A. … que cubre la superficie del planeta.

B. … que compone el planeta.

C. … del interior del planeta.

- La **geosfera** es la masa de rocas que forman la Tierra.
- Las capas que forman la geosfera son la **corteza**, el **manto** y el **núcleo**.

Aplicamos

4 smMasSavia.com | Explora las capas de la geosfera.

G I **5** **INTERPRETA.** ¿A qué parte de la corteza terrestre se refieren todas estas características?

Viven muchos seres

Cubre las rocas

Es la base de los cultivos, los pastos y los bosques

6 **CREA** un modelo de geosfera. Trae un huevo cocido de casa, quítale la mitad de la cáscara y luego pártelo por la mitad. ¿A qué capa corresponde cada parte del huevo?

Nos activamos

1 **IMAGINA** que te conviertes en un viento muy fuerte que choca constantemente contra esta montaña. ¿Qué efectos podrías causar en la forma de la montaña? ¿Y si, en lugar de viento, fueras una corriente de agua?

Comprendemos

El viento y el agua contribuyen al modelado del relieve. Pero también hay otros factores que influyen en la formación del relieve.

¿Qué es el relieve terrestre?

La capa exterior de la corteza terrestre es la **litosfera**. La litosfera es irregular. Esas irregularidades forman el relieve.

El **relieve** es el conjunto de formas de la corteza terrestre que le dan un determinado aspecto. Se ha ido creando con el paso de los años por la acción de diferentes **factores**: **externos** e **internos**.

Los factores externos

La acción del **agua** y las partículas de arena que arrastra el **viento** son factores externos, pues tienen su origen **fuera de la litosfera**. Al golpear la roca, la erosionan y, con el tiempo, moldean su forma.

La **acción del viento** sobre el relieve es más intensa en zonas con poca vegetación y muchos materiales sueltos. Las **dunas**, por ejemplo, se forman por la acción del viento.

La **acción del agua** es más variada. Por ejemplo, los ríos erosionan el terreno. El **oleaje** de mares y océanos transporta arena y la deposita cerca de la costa y en los fondos oceánicos.

2 ¿Por qué el relieve se va formando y transformando con el paso del tiempo?

Los factores internos

Los factores internos que contribuyen a la formación o transformación del relieve tienen su origen en el **interior de la Tierra,** aunque sus efectos pueden observarse en la superficie.

Gracias a la observación de esos factores, los científicos han podido estudiar las **capas de la Tierra** y averiguar que están formadas por minerales y rocas.

Son factores internos los **volcanes** y los **terremotos,** que provocan movimientos que empujan y rompen las rocas hasta formar montañas, valles y acantilados.

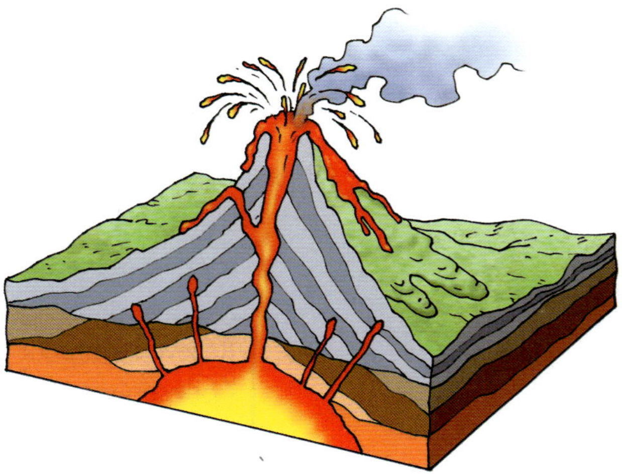

Los **volcanes** se originan en el **manto terrestre** y expulsan **materiales del interior a la superficie**. Pueden ser muy potentes, y algunos han destruido islas enteras, como el volcán Krakatoa, en Indonesia.

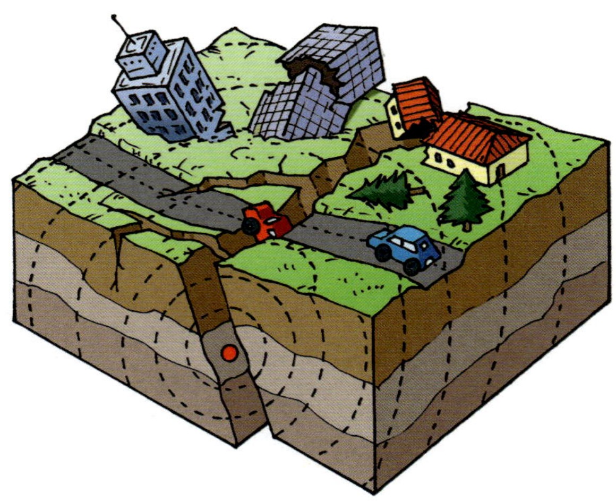

Los **terremotos** son movimientos violentos de tierra. Se originan en la **corteza terrestre** y aportan información valiosa. A veces provocan **graves daños** a las construcciones y a las personas, como el terremoto de Haití, en 2010.

- El **relieve** se forma en la litosfera de la corteza terrestre por la acción de **factores externos**, como el viento y el agua, y otros **internos**.
- Es posible estudiar la **corteza**, el **manto** y el **núcleo** gracias a los **volcanes** y **terremotos**.

Aplicamos

3 **OBSERVA** la imagen del lateral e indica cómo se está modelando el relieve.

4 **INVESTIGA** sobre algún terremoto que se haya producido en España y escribe los datos que te parezcan más importantes.

Taller — Nos activamos

1 **Experimenta** y sigue estos pasos:

Paso 1. **Estira** un trozo de papel higiénico sobre una mesa.

Paso 2. **Coloca las manos** en los extremos **e intenta juntarlas** sin dejar de sujetar el papel. ¿Qué forma toma el papel?

Paso 3. **Intenta hacer lo mismo** con dos rebanadas de pan tostado. Prueba a hacerlo suavemente primero y luego bruscamente. ¿Qué sucede? Describe lo que pasa con el pan.

I G 2 **Observa** la ilustración inferior. ¿Con qué partes del dibujo relacionarías este experimento?

smMasSavia.com
¿Qué sabes sobre el relieve?

Relieve de interior
Corresponde a la corteza continental, situada por encima del nivel de mar.

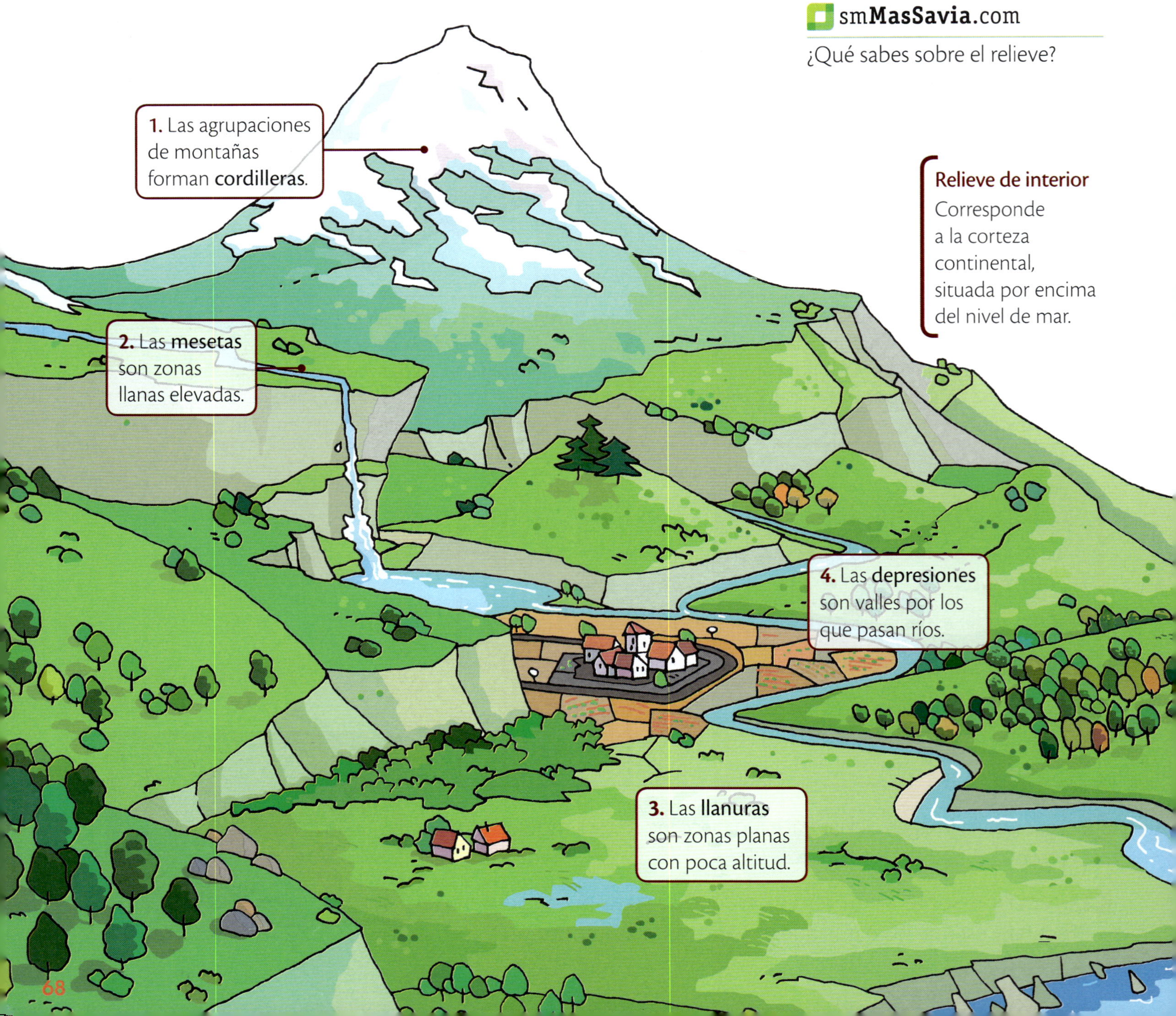

Comprendemos

La corteza terrestre está formada por placas de roca en movimiento. Estos movimientos, bruscos o lentos, van conformando el relieve.

¿Cómo se forma el relieve?

Al moverse, algunas rocas se **pliegan** y otras se **rompen**, según su dureza y resistencia, lo que da lugar a terremotos y a la aparición de montañas. La acción de estos factores internos, y también del agua y el viento, modela las formas del relieve: mesetas, valles, golfos, etc.

Existen tres **tipos de relieve** según el lugar donde se encuentre: **interior**, de **costa** y **oceánico**.

- Las **montañas** se originan por **pliegues** o por **fracturas** de las placas de roca que forman la corteza terrestre.
- Los diferentes **tipos de relieve** son: interior, de costa y oceánico.

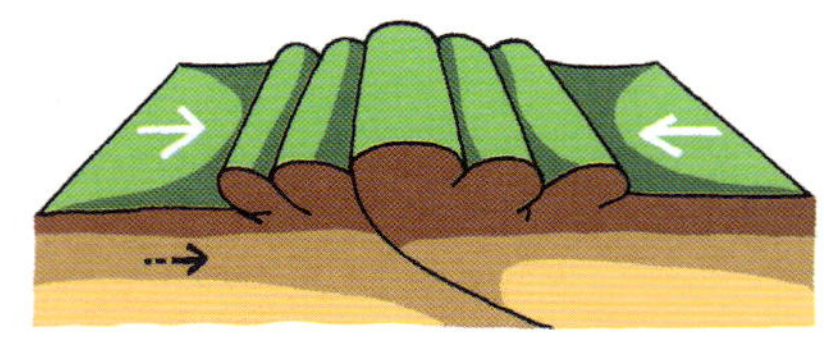

Algunas montañas se forman por el **pliegue** de las rocas al ser empujadas.

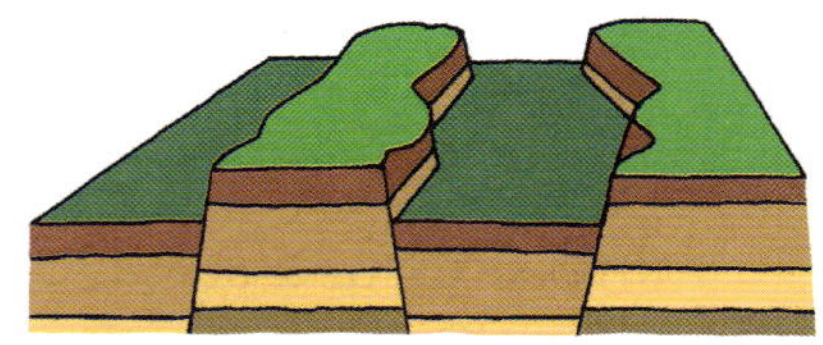

Otras se forman al chocar dos bloques de roca y provocar una fractura, llamada **falla**.

Aplicamos

3 **RELACIONA** el experimento de la página anterior con la formación del relieve. ¿Qué movimiento de placas has imitado en cada caso?

4 **PREPARA LA TAREA.** Relaciona estas condiciones con los tipos de relieve.

humedad | temperaturas suaves | altitud

Nos activamos

1 DEDUCE. Una mina es el lugar de donde se extraen minerales. ¿Cómo crees que se llama el lugar del que se extraen rocas?

Comprendemos

Los minerales y las rocas son sustancias que se extraen de la corteza terrestre. Son dos cosas diferentes, aunque a veces cueste diferenciarlas.

Los minerales

Un **mineral** es una sustancia sólida e inorgánica formada en la **naturaleza**. Cada mineral tiene una composición distinta y por eso cuentan con diferentes durezas, brillos, formas y colores.

Dureza
Es la resistencia al rayado. El más blando es el talco y el más duro, el diamante.

Brillo
Puede ser metálico, como el de la blenda, o vítreo, como el del cuarzo.

Hábito
Es la forma de los minerales en la naturaleza. La pirita es cúbica.

Color
Algunos minerales presentan colores llamativos, como el azufre.

Las rocas

Los minerales se agrupan formando distintos tipos de **rocas**:

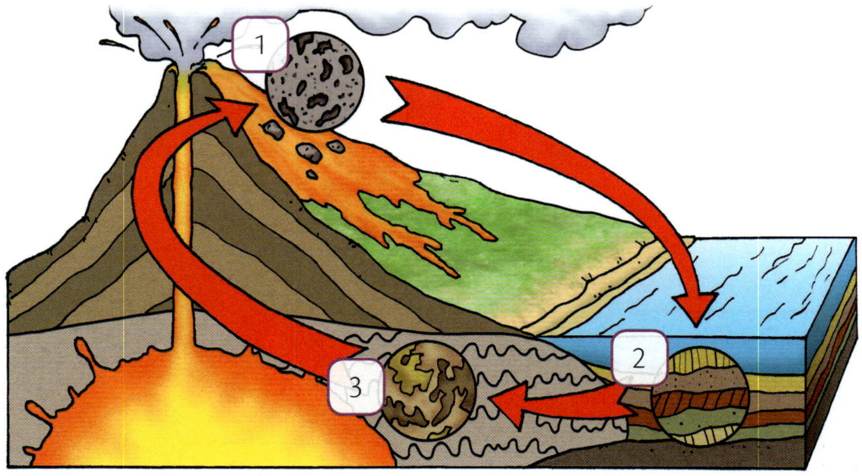

1. Las rocas **magmáticas** se forman cuando el magma sale a la superficie, se enfría y se solidifica.

2. Las rocas **sedimentarias** se forman por la erosión de otras rocas.

3. Las rocas **metamórficas** se forman debido al calor y a la presión de unas rocas sobre otras.

2 ¿Qué diferencia hay entre una roca y un mineral?

TRABAJAMOS LA COMPRENSIÓN LECTORA

De la necesidad al lujo

El ser humano empezó a utilizar herramientas de piedra hace millones de años. Hoy día aprovechamos las rocas y los minerales de muy diversas formas.

Nuestro planeta está formado en gran parte por rocas, y cada roca está formada por uno o más minerales. Ciertos minerales se usan tal y como se encuentran en la naturaleza, como la sal para cocinar o las piedras preciosas, que se tallan y se emplean como joyas.

Algunos minerales sirven como materia prima para elaborar otros productos. Por ejemplo, el yeso se usa para obtener escayola y tiza. También hay minerales que necesitan una gran transformación mediante calor o electricidad, por ejemplo, el litio de las baterías de los teléfonos móviles.

Hay rocas formadas por un solo mineral, como el mármol, y otras están formadas por varios minerales, como el granito. Algunas rocas se utilizan como materiales de construcción, por ejemplo, el granito o la arcilla de los ladrillos. Hay rocas útiles incluso en el hogar, como la arcilla que usamos en la cerámica.

3 **LOCALIZA EL TEMA.** ¿Qué explica el texto?

A. Los usos que dábamos a los minerales en la Prehistoria.

B. Cómo aprovechamos los minerales y su utilidad.

C. De dónde obtenemos los minerales que usamos.

4 **FÍJATE EN LA FORMA.** ¿Qué relación encuentras entre el título del texto y la información que nos muestra?

- Los **minerales** son sustancias naturales, sólidas e inorgánicas.
- Las **rocas** son agrupaciones de minerales.

Aplicamos

5 **INVESTIGA** sobre las siguientes rocas y relaciona en tu cuaderno.

granito •	• roca sedimentaria
arenisca •	• roca metamórfica
pizarra •	• roca magmática

6 **PREGÚNTATE.** Un mineral es más duro que otro cuando puede rayarlo. ¿Qué mineral crees que es más duro: el talco o el diamante? Busca otros minerales más duros que el talco.

7 smMasSavia.com | Descubre y clasifica algunos minerales y rocas.

COMPROBAMOS LO APRENDIDO

1 **ORGANIZA LA INFORMACIÓN.** Escribe un resumen a partir de la información del esquema.

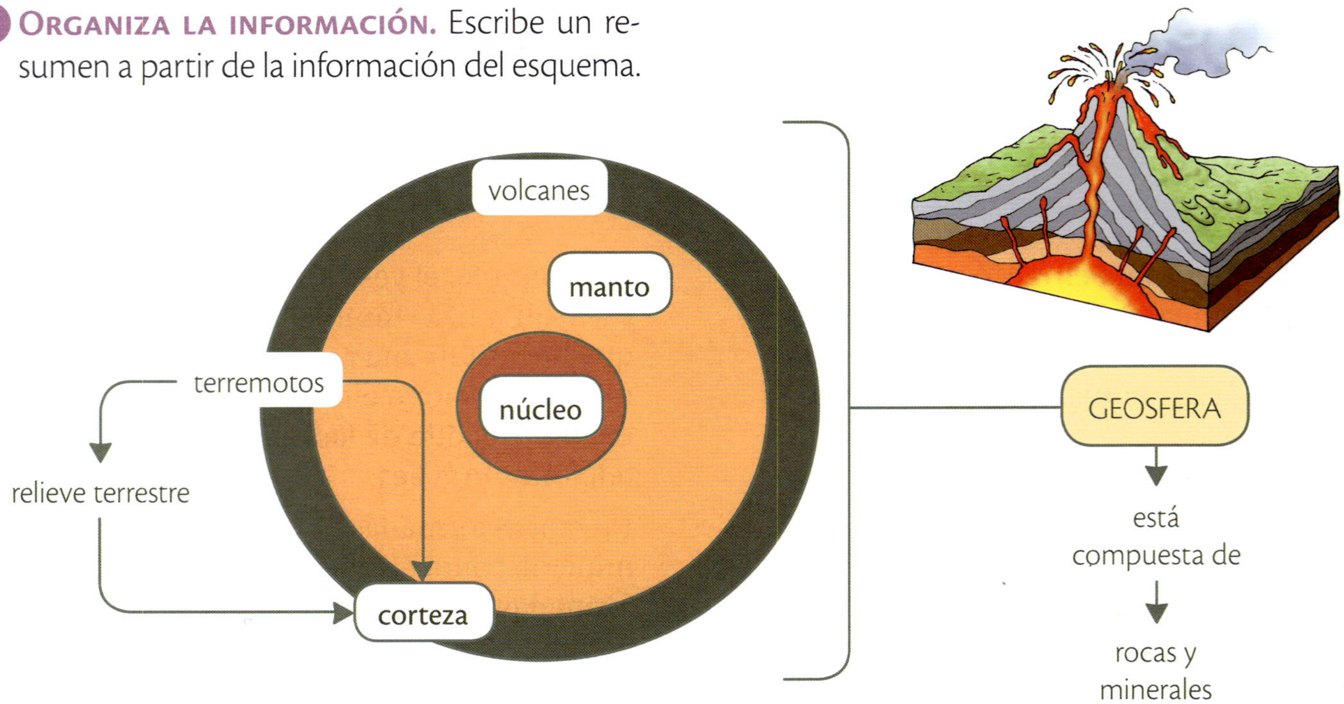

2 **RELACIONA** las siguientes imágenes con el esquema. ¿En qué lugar las situarías?

3 **COMPLETA** esta tabla en tu cuaderno con la información que conoces.

	Externa	Intermedia	Interna
Capas de la geosfera	◆◆◆	◆◆◆	◆◆◆

4 **DEFINE** en tu cuaderno cuál es la capa más profunda de la Tierra y sus características.

5 **NOMBRA.** ¿Cuál es la parte de la geosfera que tiene la temperatura más elevada?

6 **COPIA** este dibujo en tu cuaderno y escribe el nombre de las partes señaladas.

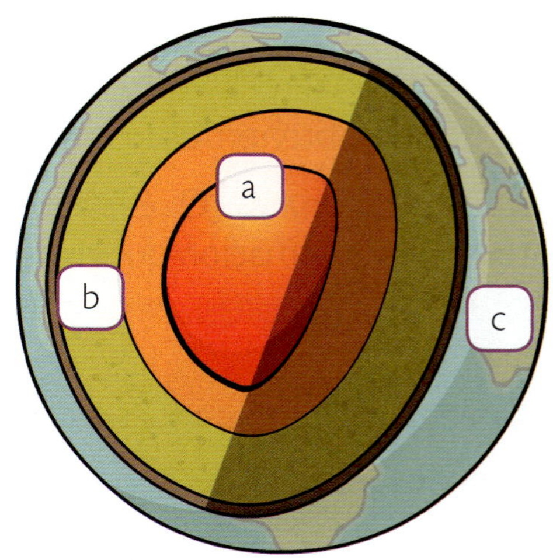

7 **CORRIGE** la siguiente afirmación en tu cuaderno.

El viento y el agua son factores externos que modelan el relieve. Además, permiten estudiar las características de la corteza, el manto y el núcleo terrestre.

8 **EXPLICA** en tu cuaderno cómo intervienen los factores internos y externos en la formación del relieve.

9 **RELACIONA** cada una de estas imágenes con un tipo de relieve. Escribe al menos dos elementos de cada uno.

a

b

c
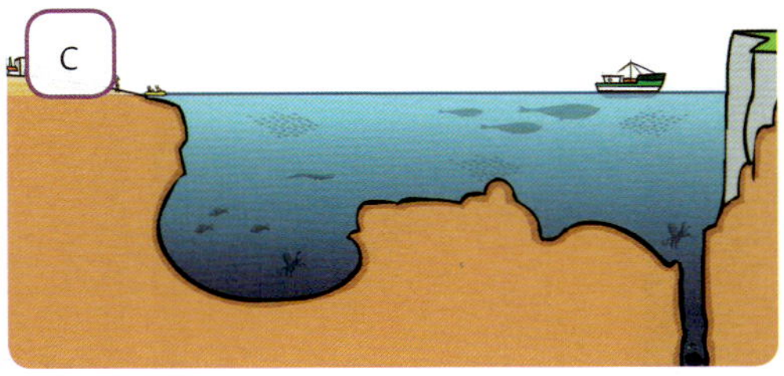

10 **ANALIZA** cómo puede producirse la formación de una montaña y relaciona la definición con el término que corresponde.

Montañas que se forman por el empuje que se produce entre las rocas.	Montañas que se forman al chocar dos bloques de roca y provocar una fractura.
falla	pliegue

11 **OBSERVA** y responde a las cuestiones.

- ¿Qué tipo de relieve se observa en la imagen?
- ¿Qué elementos del relieve puedes distinguir?
- ¿Qué factores crees que han influido en la formación de este paisaje?

12 **DIFERENCIA** los siguientes tipos de rocas.

granito | arenisca | pizarra

13 **VALORA** qué elemento puede ser más importante en la naturaleza: ¿los minerales o las rocas?

Mi diario

1 De lo que hemos aprendido yo ya sabía… Y además he aprendido…

2 ¿Qué tipo de actividades son las que más me han gustado? Intento explicar por qué.

3 Con la ayuda de… he conseguido…

smMasSavia.com | Autoevaluación.

MEJORA TU MUNDO

Saber si mañana va a llover para decidir qué ropa ponernos es importante en nuestro día a día. Pero la predicción meteorológica es útil también por otras razones. Por ejemplo, para planificar las vacaciones o para que los agricultores mejoren sus cosechas.

Vamos a preparar un programa de televisión sobre el tiempo.

Elaboramos un pronóstico del tiempo

PASO 1 **PREPARAD LA INFORMACIÓN.** Por grupos, buscad una imagen tomada por un satélite en la que aparezca una parte de la Tierra. Después, delimitad la zona que aparece en la imagen para realizar la previsión del tiempo atmosférico en ese lugar.

PASO 2 **INTERPRETAD LA IMAGEN.** Elaborad el pronóstico del tiempo. Tened en cuenta las condiciones atmosféricas en función del tipo de relieve que habéis trabajado en la página 69 de la unidad 4, así como la información sobre el estado de la atmósfera que podéis extraer de la imagen.

PASO 3 **CREAD UN MAPA DEL TIEMPO.** A partir del pronóstico que habéis elaborado, pintad en el mapa los símbolos que representan el tiempo atmosférico. Incluid, si podéis, una predicción del estado del mar a partir de lo que habéis investigado en la página 54 de la unidad 3.

TAREA FINAL

Preparamos el programa de televisión

PASO 4 **ORDENAD LA INFORMACIÓN.** Estableced el orden en el que vais a ofrecer los datos atmosféricos y el sentido que vais a seguir para presentar la información en el mapa representado.

PASO 5 **DISEÑAD EL GUION DEL PROGRAMA.** Juntos, determinad las diferentes partes que tendrá vuestro programa y repartíos las secciones.

PARTES DEL PROGRAMA

Cabecera en la que se indica la estación del año en la que estamos. Se puede incluir la música del programa.

Saludo del presentador. Puede empezar con alguno de los refranes trabajados en la página 39 de la unidad 2.

Predicción meteorológica con el mapa.

Cierre del programa. Se pueden buscar fotografías de paisajes que reflejen fenómenos atmosféricos destacados para despedir el programa.

PASO 6 **PRESENTAD EL PROGRAMA.** Grabad el programa y mostradlo en clase. Luego, preguntadles a vuestros compañeros a quiénes creen ellos que les habrá resultado más útil la predicción del tiempo que habéis hecho.

Mi diario

1. En mi casa les gustará saber que hemos hecho…
2. Cuando trabajo con varios compañeros juntos, he notado que…
3. ¿Me he puesto nervioso en algún momento de la actividad? Pienso por qué.

¿QUÉ SABÍA, QUÉ SÉ?

Repasa con la ayuda de este esquema lo que has aprendido en las cuatro primeras unidades.

LA TIERRA

está formada por la

ATMÓSFERA

que determina el

HIDROSFERA

CICLO DEL AGUA

ESTADOS DEL AGUA

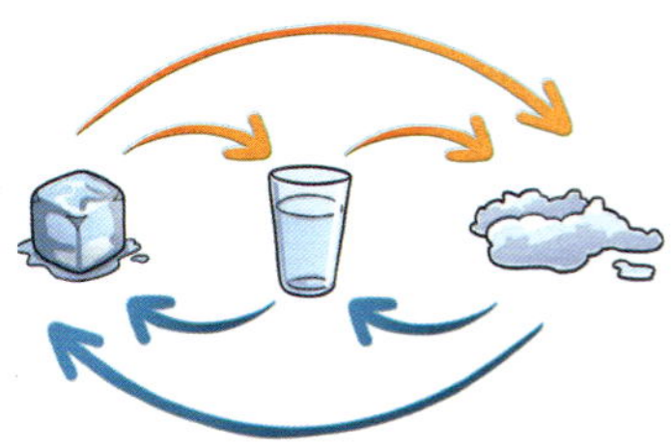

GEOSFERA

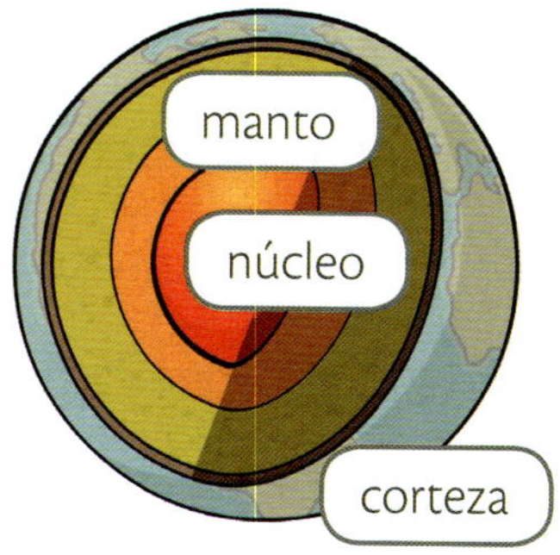

en la superficie se forma el

TIEMPO ATMOSFÉRICO → es la situación de la atmósfera en un momento concreto

CLIMA → es el tiempo atmosférico predominante en un lugar

el agua puede ser

AGUAS MARINAS
- Mares
- Océanos

AGUAS CONTINENTALES
- Ríos
- Lagos
- Glaciares
- Torrentes
- Acuíferos

RELIEVE

los tipos de relieve pueden ser
- INTERIOR
- COSTA
- OCEÁNICO

determinado por
- FACTORES INTERNOS
- FACTORES EXTERNOS

El mundo en que vivimos II

1. ¿Cuál de estas opciones no es una capa de la Tierra?
   A. La geosfera.
   B. La atmósfera.
   C. El relieve.
   D. La hidrosfera.

2. ¿Con qué parte del esquema relacionas las siguientes definiciones?
   - Capa sólida de rocas que forma la superficie y el interior de la Tierra.
   - Capa de aire que rodea la Tierra.
   - Capa de agua presente en la Tierra.

3. El agua, el relieve y el clima determinan los paisajes.
   a. ¿Cómo influye en el paisaje la cantidad de agua?
   b. ¿De qué forma condiciona la vida en un lugar el relieve montañoso?
   c. ¿Qué relación existe entre el clima y el relieve?

4. Piensa cómo es el medio natural donde tú vives.
   a. ¿Dónde puedes encontrar agua? ¿Cómo crees que llega a tu hogar?
   b. ¿Cómo se encuentran los espacios naturales cercanos al lugar donde vives? ¿Qué medidas se te ocurren para mejorarlos?

Una gran meteoróloga

Hasta hace algunos años, no era habitual que una mujer estudiase Matemáticas o Física. En contra de ese convencionalismo, Edith Elizabeth Farkas fue una de las primeras investigadoras especializadas en ciencias atmosféricas.

Una parte de sus exploraciones la llevó a cabo en la Antártida. Su gran trabajo contribuyó al descubrimiento del agujero en la capa de ozono de la Tierra.

¿De qué nos protege la capa de ozono?

Un hotel nuevo cada año

En Suecia está el mayor hotel del mundo construido totalmente con hielo. Es un hotel que se estrena cada año. Se edifica con bloques de hielo cada invierno y, cuando llega la primavera, ¡se derrite! Imaginaos el trabajo que supone levantarlo.

Por cierto, ¿tendrá calefacción?

¿Por qué se derriten los bloques de hielo al llegar la primavera?

Las cabañuelas

Hay una forma tradicional de predecir el tiempo según la cual basta con fijarse en los primeros 24 días de agosto. Se llama las cabañuelas.

Aunque los científicos dicen que no es un sistema eficaz, sus defensores aseguran que predice el tiempo de todo un año mediante la observación de las nubes, el Sol, la Luna, las estrellas, el viento, el rocío, las nieblas, los arcoíris y el granizo. ¿Funcionará?

¿Qué haces tú para saber qué tiempo va a hacer?

¡Un salto estratosférico!

En octubre de 2012, Felix Baumgartner saltó en caída libre desde una altitud de más de 39 kilómetros. Tardó en alcanzar esa altura más de dos horas y media, y la caída apenas duró diez minutos.

Para soportar las bajas temperaturas, los cambios de presión producidos por la altitud y la velocidad que alcanzó en el salto, Baumgartner necesitó un traje especial.

¿Cuántos kilómetros le faltaron a Felix Baumgartner para salir de la atmósfera?

¡Lápices con diamantes!

Sabemos que el grafito es un mineral que se utiliza para las minas de los lápices, sobre todo los de dibujo artístico.

Lo que muchos no saben es que el grafito y el diamante son lo mismo: carbono. Para llegar a ser un mineral tan duro como el diamante, el carbono ha tenido que soportar mucha presión y altísimas temperaturas en el interior de la corteza terrestre.

¿Qué es un mineral? ¿Y una roca?

¿Islas de plástico?

Hoy día, nuestros océanos presentan un nuevo problema. Las corrientes marinas arrastran los plásticos que las personas desechamos hasta formar verdaderas islas de plástico. El problema es que tiramos tantos objetos de plástico que ya hay varias islas flotantes por todo el mundo.

¿De dónde proceden esos plásticos?

Las huellas del tiempo

Unidad 5
La Prehistoria

Unidad 6
La Edad Antigua

TAREA FINAL **Mejora tu visión del pasado**

¿Qué sabía, qué sé?

Amplía tu mirada

1 Épocas distintas, modas diferentes

Observa estos personajes. ¿Cómo es la ropa que llevan? ¿Por qué crees que van vestidos así? ¿Qué están haciendo?

- ¿Cuál crees que vivió hace más tiempo? ¿Cuál es más reciente? Ordénalos según su antigüedad.

2 ¡Sabes más de lo que crees!

Fíjate en la imagen principal y en los diálogos.

- ¿A qué ciudad pertenecen estos restos? ¿En qué fecha fue conquistada por Roma?
- ¿Qué significa la expresión a. C.? Sitúa aproximadamente el año 133 a. C. en esta línea del tiempo.

- Según uno de los niños, en este yacimiento hay restos de distintas épocas. ¿Crees que eso es posible?

3 Sigue haciéndote preguntas

- ¿Cuál es la profesión de los personajes que aparecen en la escena? ¿Qué utilidad tiene para la sociedad?
- En muchos países los restos encontrados en las excavaciones están protegidos. ¿Te parece bien que sea así? ¿Por qué?
- Si fueras arqueólogo, ¿qué te gustaría encontrarte?

TAREA **FINAL**

Mejora tu visión del pasado

Organizarás una exposición de restos prehistóricos para los alumnos de 1.º y 2.º de Primaria.

5 La Prehistoria

En esta unidad, vamos a:

Aprender cómo se mide el tiempo y cómo se divide la Historia.

¿Sabes por qué acabó la Prehistoria y empezó la Historia?

¿Cómo sabemos cuándo sucedió este hecho?

Conocer las características de la Prehistoria.

¿Cómo enciendes fuego hoy día? ¿Cómo crees que se hacía en la Prehistoria?

¿Qué animales fueron los primeros que las personas domesticaron?

smMasSavia.com
Lo que ya sé.

1 Estudiar la Historia

Nos activamos

¿Alguna vez has pensado que estás rodeado de Historia? En tu casa hay objetos, fotografías, libros y otras muchas cosas que te permiten conocer cómo fue el pasado.

1 **EXPLICA.** ¿Tienes algún objeto antiguo en casa? ¿Sabes cuántos años tiene y cuál es su historia?

Comprendemos

Los objetos antiguos son muy importantes para conocer el pasado. Estudiarlos es la manera de averiguar lo que sucedió.

¿Cómo se estudia la Historia?

La **Historia** es la ciencia que estudia el pasado. Para conocerlo, los historiadores usan documentos y testimonios. Son las **fuentes históricas**, que pueden ser de distintos **tipos**:

Fuentes escritas. Son textos escritos en el pasado o que nos cuentan cómo fue.

Fuentes visuales. Las pinturas, los cuadros, las fotos o el cine también te hablan de Historia.

Fuentes orales. Escuchando a las personas mayores se conoce parte de la Historia.

Fuentes materiales. Los objetos del pasado nos permiten conocer mejor cómo era la vida entonces.

2 ¿Qué tipo de fuente es una pintura rupestre? Pon otro ejemplo de un tipo de fuente similar.

Taller

ANALIZA UNA FUENTE VISUAL

El ser humano ha dejado su huella en el paisaje a lo largo de la Historia. Si observas con atención, puedes encontrar muchas **pistas** de lo que hicieron las personas en el pasado.

Busca en la red la imagen de un pueblo y explica qué aspectos históricos puedes comprender observándola.

- La **Historia** estudia el pasado de los seres humanos a partir de diversas fuentes históricas.
- Las **fuentes históricas** pueden ser fuentes escritas, orales, visuales y materiales.

Aplicamos

3 **INVESTIGA.** Busca en casa objetos que sean fuentes históricas: orales, visuales, escritas y materiales. Anota cuáles son y qué te pueden contar acerca del pasado.

4 **OBSERVA** las imágenes e indica qué tipo de fuente histórica es cada una de ellas. ¿Con qué finalidad se crearon?

Nos activamos

El colegio ha organizado una excursión muy interesante. Vais a visitar una cueva en la que hay unas pinturas prehistóricas que tienen más de 5000 años.

1 **PIENSA.** ¿Qué quiere decir que esas pinturas se realizaron en la Prehistoria? ¿Qué tipo de pinturas crees que serán? ¿Cómo han averiguado su antigüedad?

Comprendemos

La Historia estudia hechos protagonizados por los seres humanos desde sus orígenes hasta la actualidad. Se trata de un período de tiempo muy largo, de varios millones de años. Para comprender mejor la Historia, la dividimos en etapas.

¿Cómo se mide la Historia?

Para estudiar la Historia es necesario ordenar los hechos en el tiempo. Para ello, podemos agrupar el tiempo ayudándonos de diferentes **unidades de medida**:

1 lustro = 5 años

1 década = 10 años

1 siglo = 100 años

1 milenio = 1000 años

En nuestra cultura contamos los años a partir del **nacimiento de Cristo**.

Si los hechos ocurrieron antes de Cristo, escribimos las letras **a. C.** Por el contrario, si los hechos estudiados ocurrieron después, escribimos las letras **d. C.**

Las fechas antes de Cristo van en sentido descendente y las posteriores a Cristo, en orden ascendente.

2 **¿Cuántos milenios tienen las pinturas que vais a visitar? ¿Se pintaron antes de Cristo o después?**

¿Cómo se divide la Historia?

La aparición del ser humano se produjo hace unos 2 millones de años. En ese momento se inició la Prehistoria y duró hasta la invención de la escritura, lo que dio comienzo a la Historia.

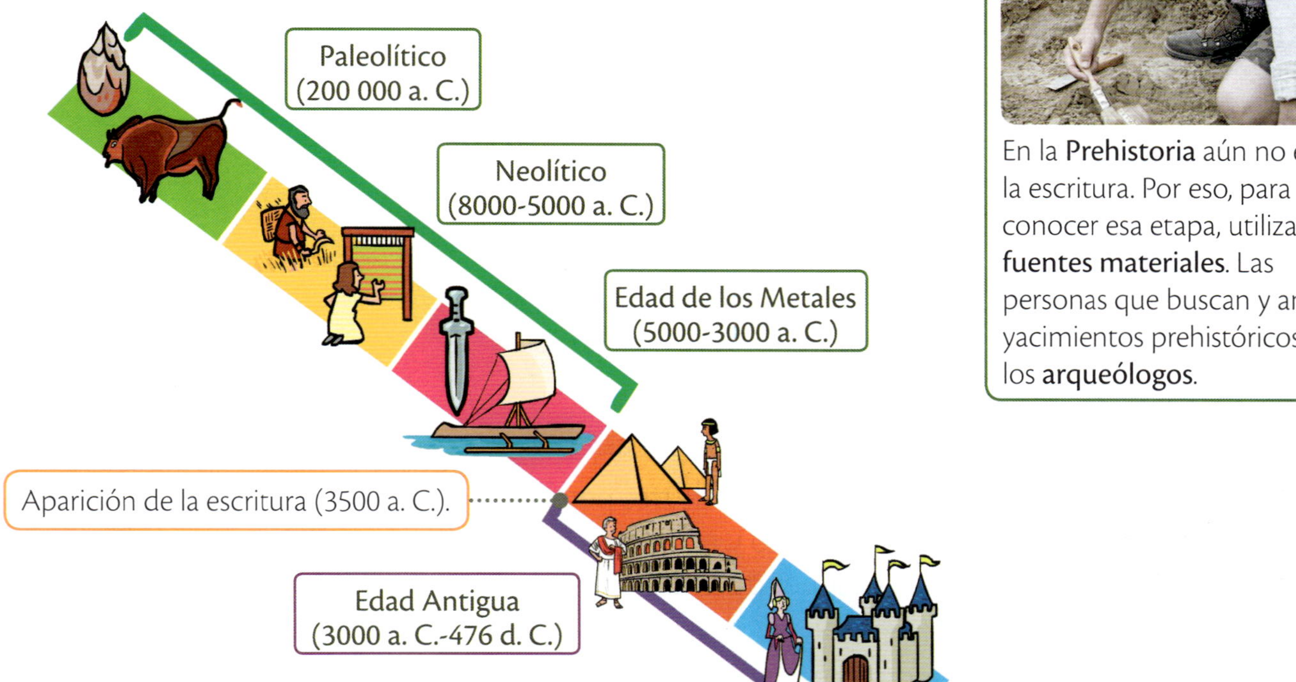
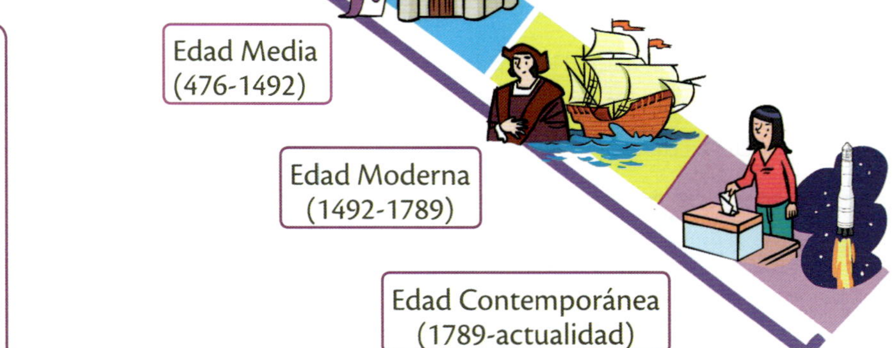

En la **Prehistoria** aún no existía la escritura. Por eso, para conocer esa etapa, utilizamos **fuentes materiales**. Las personas que buscan y analizan yacimientos prehistóricos son los **arqueólogos**.

La aparición de la escritura marca el final de la Prehistoria. Los **historiadores** analizan las **fuentes escritas** para estudiar nuestra Historia.

- La Historia estudia los hechos protagonizados por los seres humanos en el **pasado**.
- Para estudiar la Historia utilizamos distintas **unidades de medida**, como la década, el siglo o el milenio.
- Dividimos los hechos del pasado en dos grandes etapas: **Prehistoria** e **Historia**. Cada una de ellas se divide, además, en **edades**.

Aplicamos

3 Ordena y piensa. A continuación, te mostramos las edades en que se divide la Historia de la humanidad.

Edad Media | Paleolítico | Edad Antigua | Edad Moderna | Edad Contemporánea | Neolítico | Edad de los Metales

a. Coloca de manera ordenada las etapas, desde la más antigua a la más reciente.

b. ¿Cuáles de estas edades de la Historia de la humanidad forman la Prehistoria? ¿Qué hecho hizo que comenzase la Historia? ¿En qué edad de la Historia vives tú?

G **4 Investiga** acerca del pasado a través de las biografías.

a. Organizados por equipos, buscad el nombre de tres personajes históricos que nacieran antes de Cristo y otros tres personajes importantes que nacieran después de Cristo.

b. Preparad una ficha para cada personaje. En ella tendréis que incluir al menos tres datos importantes.

5 Calcula. Lee la inscripción que aparece en la puerta del edificio. Con la información que ofrece, intenta averiguar cuándo comenzó su construcción.

Este edificio terminó de construirse en el año 1900, después de dos siglos, tres décadas, un lustro y dos años de trabajos.

i **6 Ordena** las siguientes fechas desde la más antigua a la más reciente. Para ello, recuerda que las fechas que son antes de Cristo se ordenan en sentido decreciente y las que son después de Cristo lo hacen en sentido ascendente.

2322 a. C. | 1975 d. C. | 322 a. C. | 476 d. C. | 1122 a. C. | 630 a. C. | 1789 d. C. | 1322 d. C.

7 Organiza tu álbum. Busca en casa fotos en papel que haya en algún álbum familiar. Con ayuda de tus padres, ordénalas cronológicamente de la más antigua a la más reciente.

Taller

CONTAMOS EL TIEMPO EN SIGLOS

En Historia el tiempo suele medirse en siglos. Para escribirlos, se utilizan los números romanos. ¿Sabes cómo hacerlo?

Paso 1. Empieza descomponiendo el número en estos tres números romanos:

I = 1 V = 5 X = 10

Por ejemplo, el número 16 = 10 + 5 + 1. Por tanto, el siglo 16 se escribiría:

X + V + I = XVI

Paso 2. Ten en cuenta que los números romanos solo pueden juntarse en grupos de tres números iguales. Así que, cuando haya que agrupar cuatro, se pondrá el número siguiente y se le restará uno añadiéndolo a la izquierda.

4 = 5 – 1 = **IV** 9 = 10 – 1 = **IX**

14 = 15 – 1 = **XIV** 19 = 20 – 1 = **XIX**

Paso 3. Para saber a qué siglo pertenece una fecha, hay que contar las centenas que tiene la fecha.

Así, por ejemplo, el año **1200** tiene **12 centenas**. Por tanto, sería el **siglo XII**.

Paso 4. Cuando la fecha tenga decenas o unidades, se añadirá un siglo más.

Así, por ejemplo, el año **1220** tiene **12 centenas**, pero también **2 decenas**. Por tanto, sería el **siglo XII + I = siglo XIII**.

8 **Escribe** a qué siglo pertenecen las fechas que aparecen en la actividad 6 de la página anterior. Recuerda que hay que añadir 1 al número de centenas que cuentes.

9 **Relaciona** estos dibujos con la etapa histórica a la que pertenecen. Escribe en números romanos los siglos entre los que sucedieron esas etapas. Para ello, observa la línea del tiempo de la página 103.

a

b

c

d

10 smMasSavia.com | ¿Conoces las unidades de medida del tiempo histórico?

Nos activamos

1 **Fíjate** en los objetos. Son herramientas prehistóricas. ¿Para qué piensas que podrían utilizarse?

2 **Dibuja** una herramienta que pienses que pudo existir en la Prehistoria. Ponle nombre y explica para qué se podría usar.

Comprendemos

Las herramientas como bifaces o arpones sirvieron a los humanos del Paleolítico para cazar, entre otros usos.

¿Cómo se vivía en el Paleolítico?

La primera etapa de la Prehistoria fue el **Paleolítico**, que comenzó con la aparición en África de los primeros antepasados del ser humano.

Los primeros seres humanos eran **nómadas**: viajaban de un sitio a otro en busca de alimentos. Los hombres se dedicaban a la **caza** y las mujeres, a la **recolección**. En sus viajes se alojaban en **cuevas o cabañas.**

Estos primeros humanos se organizaban en tribus familiares llamadas **clanes**. La vida en sociedad los llevó a desarrollar habilidades sociales, el lenguaje y la caza en grupo.

También tallaron las **primeras herramientas**. Para ello usaban **piedra**, **hueso** y **marfil**. Las utilizaban para cazar, pescar y coser.

El gran avance del Paleolítico fue el dominio del **fuego**. Con él las personas pudieron calentarse durante uno de los períodos más fríos de la existencia humana, iluminar las cuevas, cocinar y protegerse de los animales salvajes.

Al abrigo de sus cuevas realizaron también las primeras muestras de arte: las **pinturas rupestres** y pequeñas esculturas.

3 **¿Por qué fue tan importante para la humanidad el descubrimiento de cómo hacer fuego?**

Las pinturas rupestres se realizaban en las paredes de las cuevas. En la península Ibérica se conservan algunos de los conjuntos más importantes y antiguos del mundo. Las primeras pinturas rupestres aparecieron en la costa cantábrica, en cuevas como la de Altamira.

- El Paleolítico es la primera etapa de la Prehistoria. Los humanos eran **nómadas**.
- Las personas aprendieron a fabricar **herramientas**, usar el **fuego** y comunicarse mediante el **lenguaje**.

Aplicamos

G I **4 INVENTA Y ESCRIBE.** Imagina que formas parte de un clan prehistórico y escribe un breve resumen de cuáles serían tus actividades diarias. ¿Piensas que las mujeres y los hombres se dedicarían a las mismas tareas? ¿Por qué?

5 REFLEXIONA. ¿Qué ventajas piensas que podía tener cazar en grupo? ¿Qué actividades realizas tú habitualmente en grupo?

6 PREPARA LA TAREA Observa la ilustración de esta doble página. Las personas que aparecen realizan distintas tareas para poder vivir. ¿Se siguen realizando estos trabajos en la actualidad? Explica qué diferencias encuentras en la manera de llevarlos a cabo.

7 smMasSavia.com | Resuelve el crucigrama sobre la vida en el Paleolítico.

Nos activamos

1 **COMPARA** la ilustración de esta doble página con la de la página anterior. Fíjate en el lugar en el que viven. Localiza tres actividades que no se realizaban en el Paleolítico y tres objetos que no existían en la etapa anterior.

Comprendemos

¿Te imaginas cambiar de hogar varias veces al año y tener que cargar con todas tus cosas? Las personas del Neolítico consiguieron evitarlo.

¿Qué fue el Neolítico?

El Neolítico fue la etapa de la Prehistoria posterior al Paleolítico. En este período se hicieron **avances** y **descubrimientos** que cambiaron el modo de vida de las personas. Fue la **revolución neolítica**.

La observación de la naturaleza permitió a los humanos conocer las plantas y los animales, y desarrollar la **agricultura** y la **ganadería**.

Al producir sus propios alimentos, pudieron abandonar la vida nómada y construir poblados estables. Apareció así la **vida sedentaria**.

2 ¿Qué tareas de la imagen no se realizaban en el Paleolítico?

En la península Ibérica se conservan algunos megalitos, que fueron las primeras construcciones realizadas en piedra por los seres humanos. Aunque no se sabe con seguridad cuál era su función, se cree que servían como lugares para realizar enterramientos y rituales.

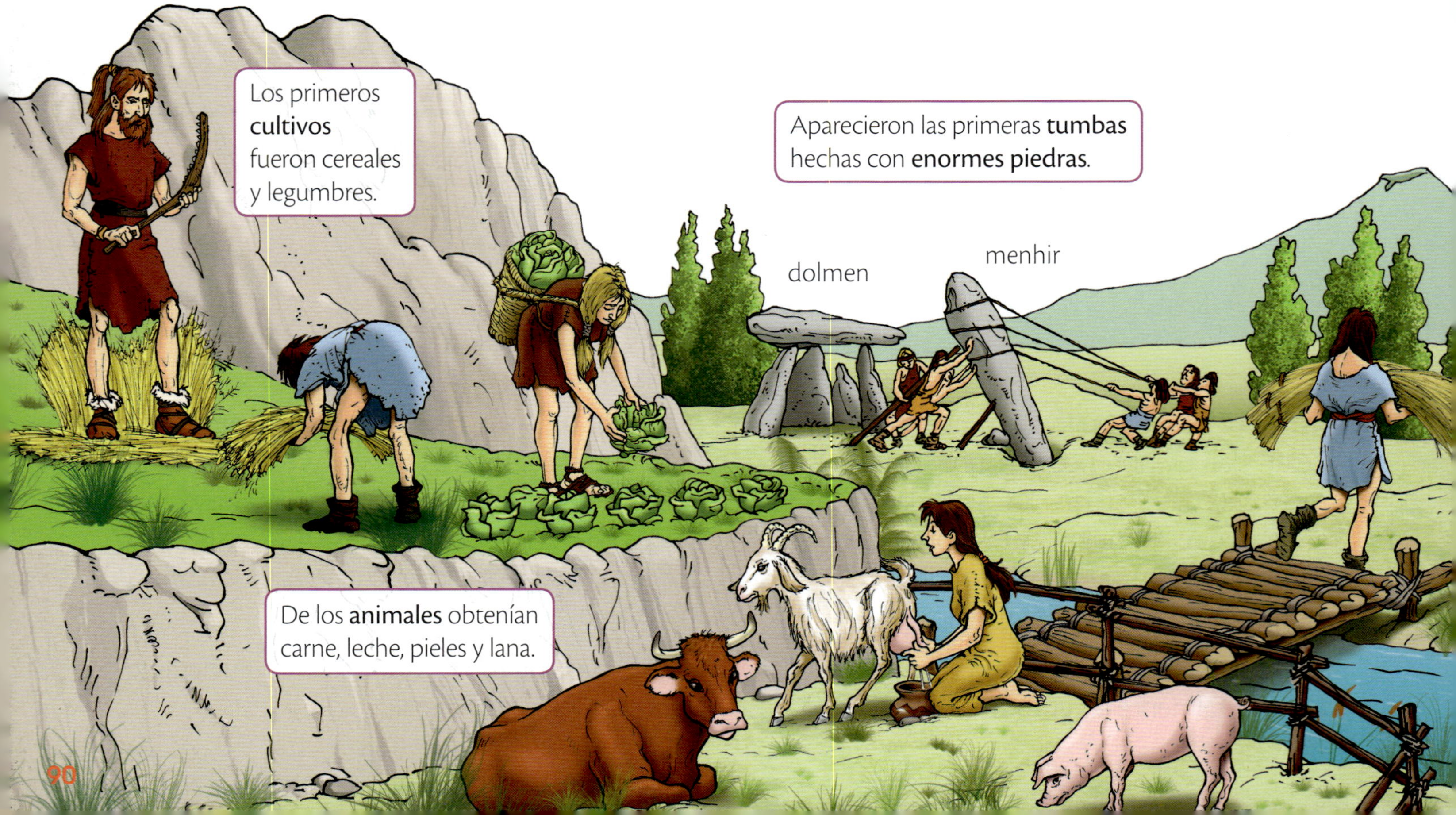

Los inventos del Neolítico

La agricultura y la ganadería impulsaron la fabricación de nuevas herramientas:

- Se fabricaron utensilios de **piedra pulida**, más trabajada que en el Paleolítico, y surgió el **arado** para cultivar la tierra.
- Para guardar y cocinar alimentos se modelaron vasijas de **cerámica**. Para fabricarlas se usaron la **rueda** y el **horno**.
- De los animales y los cultivos se obtuvieron tejidos como la **lana** y el **lino**. El invento del **telar** permitió fabricar prendas.

▶ La **revolución neolítica** transformó la vida de los seres humanos, que se convirtieron en **agricultores** y **ganaderos** sedentarios. Así aparecieron los **primeros poblados**.

▶ Aparecieron inventos como la **piedra pulimentada**, el **arado**, la **cerámica**, la **rueda** y el **telar**.

¡Guau, guau!

El perro fue, con probabilidad, el primer animal domesticado por el ser humano.

Aplicamos

3 **COMPRENDE.** ¿Cómo y por qué cambió la dieta en el Neolítico? ¿A qué dieta se parece más la tuya, a la paleolítica o a la neolítica?

4 smMasSavia.com | Descubre los grandes inventos del Neolítico.

Nos activamos

I G **1** **COMPRENDE.** ¿Puedes imaginar tu vida diaria sin objetos de metal? Piensa en tres objetos que utilices que estén hechos con este material e imagina con qué otros materiales podrían estar hechos si el metal no existiera.

Comprendemos

A diario utilizamos metales para tareas diversas: abrir una puerta, ponernos un colgante, coser un botón...

El descubrimiento del metal

A finales de la Prehistoria se desarrolló la **metalurgia**, es decir, las personas aprendieron a fundir metales en hornos, moldearlos y pulirlos. Así comenzó la **Edad de los Metales**.

El primer metal que el ser humano utilizó fue el **cobre**, un metal blando usado para hacer joyas. Más tarde, fabricó herramientas y armas con metales duros como el **bronce** o el **hierro**.

Artesanos y comerciantes

Trabajar el metal era difícil, y por eso aparecieron **trabajadores especializados**, como los herreros. También se especializaron los alfareros, los tejedores o los ganaderos, entre otros.

Cada uno fabricaba un producto distinto y los intercambiaban. Este **comercio** sin monedas se llama **trueque**.

En la Edad de los Metales, las tumbas megalíticas se convirtieron en grandes construcciones, como esta naveta de las islas Baleares.

Los muertos se enterraban con sus joyas y otros objetos de metal.

Un podio de metales
Además de estos metales, desde la Edad del Cobre también se realizaban objetos de oro y plata.

Ciudades y guerreros

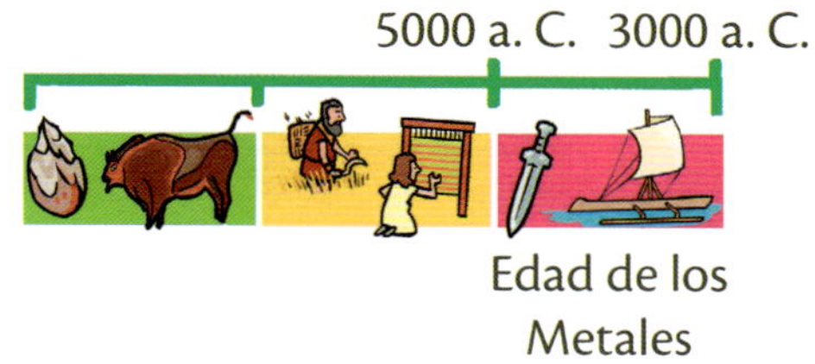

El comercio surgido por el intercambio de objetos metálicos hizo que algunos poblados se enriquecieran y aumentaran su tamaño.

Así, algunas aldeas se convirtieron en las **primeras ciudades**. Aparecieron hace más de 8000 años en Mesopotamia.

Para proteger las ciudades se levantaron **murallas**, realizadas con ladrillos de arcilla cocida. La utilización de metales cada vez más duros hizo que las armas fueran cada vez más eficaces. Esto provocó que las murallas se construyeran más altas y resistentes.

Las murallas eran defendidas por **guerreros**, dirigidos por **jefes**. Con el tiempo, los jefes de los guerreros pasaron a controlar las ciudades y se convirtieron en **reyes**. Este gran poder que tenían los guerreros creó **desigualdades sociales**.

Para proteger las ciudades se levantaron murallas, como en el Tolmo de Minateda.

2 ¿Qué inventos permitieron el desarrollo del comercio?

TRABAJAMOS LA COMPRENSIÓN LECTORA

3 **LOCALIZA EL TEMA.** El texto explica que los guerreros aumentaron su poder social debido a...

A. ... que levantaron las murallas de las ciudades.

B. ... la defensa que hacían de las ciudades.

C. ... que se convirtieron en reyes.

4 **BUSCA INFORMACIÓN.** Estas afirmaciones son incorrectas. Di con tus palabras por qué.

- Las primeras aldeas surgieron hace más de 8000 años.
- En esas ciudades se empezó a trabajar el hierro.
- La actividad ganadera hizo que algunos poblados se enriquecieran y aumentaran su tamaño.
- Eran ciudades abiertas, que no tenían ningún tipo de defensa.

5 **FÍJATE EN LO QUE DICE EL TEXTO.** Piensa en un título diferente para el texto superior que resuma el tema que trata.

- La **Edad de los Metales** es la última etapa de la Prehistoria.
- La **metalurgia** provocó una mayor especialización del trabajo y el desarrollo del **comercio**.
- Algunas aldeas se convirtieron en **pequeñas ciudades**.
- Las ciudades eran protegidas por un jefe y sus **guerreros**. Este fue el origen de las **desigualdades sociales**.

Aplicamos

6 **REDACTA** una breve explicación sobre cómo fue la Edad de los Metales. Para ello, asegúrate de utilizar las siguientes palabras:

metalurgia · trueque · ciudad · comercio · guerrero

7 **REALIZA** una tabla como esta en tu cuaderno y compara las etapas de la Prehistoria. Sitúa cada una de las características en el lugar de la tabla que corresponda.

PALEOLÍTICO	NEOLÍTICO	EDAD DE LOS METALES
◆◆◆	◆◆◆	◆◆◆

- Eran nómadas.
- Pintaban en las paredes.
- Se alimentaban de la caza y la recolección.
- Iniciaron la ganadería.
- Crearon las primeras ciudades.
- Desarrollaron la cerámica.
- Descubrieron cómo hacer fuego.
- Elaboraban joyas de cobre.

8 **IDENTIFICA** cuál de estas escenas pertenece al Paleolítico, cuál al Neolítico y cuál a la Edad de los Metales. Elige una de ellas y explica por qué.

9 **BUSCA EL ERROR.** Estás leyendo una novela ambientada en el Paleolítico y encuentras este párrafo. En él hay tres errores. Detéctalos y explica tu elección.

> Salimos de la cueva cargando la comida en unos cuencos de barro. Íbamos a cazar un bisonte, así que llevábamos un arco y unas flechas con la punta de bronce.
>
> Antes de ponernos en marcha nos despedimos de mi padre, que en ese momento cuidaba de las ovejas junto al río.

G I **10** **CLASIFICA.** En grupos, buscad la relación entre los nombres de estos restaurantes, sus menús y sus características. Anota en tu cuaderno las pistas que habéis seguido. Decidid a qué etapa de la Prehistoria corresponde cada uno.

Altamira, un restaurante cavernícola

La muralla, para comer como un rey

La cuchara de barro, toda una revolución

Menú 1

Entrantes: queso de cabra o verduras asadas.

Primer plato: sopa de legumbres.

Segundo plato: estofado de cerdo y verduras o pollo asado.

Menú 2

Entrantes: huevos de gallina cocidos.

Primer plato: arroz con verduras cocidas.

Segundo plato: salmón ahumado traído del norte de Europa.

Menú 3

Según estación del año.

Entrantes: raíces y hierbas / moluscos.

Plato único: asado de caza (ciervo, bisonte, mamut) / asado de pesca.

Postres: frutos del bosque (no venenosos) / miel.

Restaurante 1

En otoño e invierno estaremos en la mejor cueva, decorada por grandes artistas y con fuego asegurado.

En primavera y verano nos trasladamos a un prado junto al mar.

Contamos con las herramientas mejor elaboradas para cortar la carne sin apenas esfuerzo.

Restaurante 2

Gran calidez en nuestra cabaña-restaurante.

Pan elaborado con trigo que hemos cultivado.

Todo tipo de útiles de cocina para una comida cómoda.

Restaurante 3

Come como un jefe de poblado por menos de lo que piensas.

Disfruta de productos traídos de lugares lejanos.

Especialidades cocinadas en grandes ollas de bronce.

11 **CREA.** Haced un mural para el aula con cada menú y dibujad el restaurante y los platos.

COMPROBAMOS LO APRENDIDO

1 **COPIA Y COMPLETA** en tu cuaderno esta línea del tiempo.

PREHISTORIA			HISTORIA
PALEOLÍTICO • tribus en cuevas. • cazadores y ◆◆◆. • nómadas. • herramientas de piedra ◆◆◆. • dominio del ◆◆◆. • primeras obras de ◆◆◆.	**NEOLÍTICO** • poblados. • ◆◆◆ y ganadería. • sedentarios. • herramientas de piedra ◆◆◆. • piezas de cerámica. • primeros megalitos.	**EDAD DE LOS METALES** • primeras ◆◆◆. • dominio de la metalurgia. • artesanía y ◆◆◆ • nuevos medios de ◆◆◆. • grupos sociales poderosos.	**EDAD ANTIGUA** 3500 A. C. - 476 D. C. **EDAD MEDIA** 476 - 1492 **EDAD MODERNA** 1492 - 1789 **EDAD CONTEMPORÁNEA** 1789 - ACTUALIDAD
200 000 - 8000 a. C.	8000 - 5000 a. C.	5000 - 3500 a. C.	3500 a. C. - actualidad

2 **ORDENA** de más antigua a más reciente las siguientes fechas.

1975 d. C. 322 a. C. 476 d. C.

218 a. C. 1492 d. C.

3 **ENCUENTRA.** Copia esta sopa de letras en tu cuaderno y encuentra cinco novedades surgidas durante el Neolítico.

A	D	E	U	R	K	A	A
C	Q	O	F	D	I	L	N
I	P	L	T	U	G	H	V
M	Ñ	M	E	G	E	O	T
A	U	B	L	A	S	R	Y
R	R	N	A	F	A	N	O
E	R	A	R	A	D	O	X
C	M	R	Y	N	S	T	J

4 **ADIVINA.** Lee las pistas y averigua el período histórico del personaje y su oficio.

Trabajo vigilando mi poblado
sobre un gran muro apoyado.
Vigilo a gentes de ciudades lejanas,
que traen metal para mis espadas.
Al otro lado de la muralla
veo un menhir de gran talla.

5 **LOCALIZA** los errores en estas oraciones y escríbelas corregidas en tu cuaderno.

- Las gentes del Paleolítico almacenaban alimentos en cuencos de cerámica.
- El Neolítico finaliza con la invención de la metalurgia y de la escritura.
- El comercio se desarrolló en la Edad de los Metales gracias a la invención de la moneda.

6 **COMPLETA** en tu cuaderno la tabla sobre las distintas edades prehistóricas.

	PALEOLÍTICO	NEOLÍTICO	E. METALES
Dónde vivían	◆◆◆	◆◆◆	◆◆◆
Cómo fabricaban herramientas	◆◆◆	◆◆◆	◆◆◆
Qué obras de arte realizaron	◆◆◆	◆◆◆	◆◆◆

7 **ORGANIZA** las palabras y escribe una frase.

metales   murallas   ciudades
guerreros   jefe

8 **COPIA** la tabla y complétala con los avances de cada era prehistórica.

Paleolítico	◆◆◆
Neolítico	◆◆◆
Edad de los Metales	◆◆◆
Historia	◆◆◆

pirámides - armas de bronce - castillos - caza - moneda - agricultura - pinturas rupestres - comercio - fuego - barcos - cerámica - tejidos - recolección - farolas

9 **COMPRENDE.** Observa las siguientes imágenes e indica qué tipo de fuentes históricas son. ¿Cuál de ellas no podría encontrarse en un yacimiento prehistórico? ¿Por qué?

10 **VALORA.** ¿En qué etapa se inventaron o descubrieron estos elementos que usamos hoy?

Mi diario

1 ¿Qué es lo que más me ha gustado aprender sobre la Prehistoria? ¿Para qué es importante saberlo?

2 ¿Qué me ha costado más aprender acerca de este período de la Historia de la humanidad? Lo he conseguido haciendo...

3 No me gusta mucho cuando en clase pasa...

smMasSavia.com | Autoevaluación.

6

La Edad Antigua

Conocer las primeras culturas históricas.

¿Qué civilizaciones fueron las primeras en usar la escritura?

¿Cuáles fueron las características de estas civilizaciones?

Valorar la importancia de la cultura romana para Europa.

¿Qué zonas de Europa fueron dominadas por el Imperio romano?

¿Qué pueblos habitaban la península Ibérica en esa época?

smMasSavia.com

Lo que ya sé.

Nos activamos

Los mensajes que se transmiten mediante imágenes fueron el origen de la escritura. ¿Sabes comunicarte con símbolos y sin palabras?

Descifra cuál es el significado de este mensaje escrito con dibujos y emoticonos.

Comprendemos

La aparición de la escritura se considera el fin de la Prehistoria y el comienzo de la Historia. Este hecho tuvo lugar hacia el año 3500 a. C.

¿Dónde surgió la escritura?

Llamamos **civilizaciones históricas** a los pueblos que utilizaron por primera vez la **escritura** a comienzos de la Edad Antigua.

La aparición de la escritura ocurrió en **Mesopotamia**, **Egipto**, **China** e **India**. Allí habían surgido poderosas civilizaciones junto a **grandes ríos**. Los ríos facilitaban agua para los cultivos, el ganado y el consumo humano. Además favorecían el comercio y el transporte de mercancías.

¿Cómo eran esos pueblos?

El nacimiento de las primeras civilizaciones fue posible gracias a la **agricultura** y el **comercio**, y a la aparición de las **ciudades**. Además, estos pueblos dominaron la **escritura** y alcanzaron un gran **desarrollo cultural y científico**.

Todos eran **politeístas**, es decir, adoraban a varios dioses, e incluso algunos de sus reyes se declararon seres divinos. Los sacerdotes también tenían un gran poder. En las ciudades destacaban los **palacios** y **tumbas** reales junto a los **templos** religiosos.

2 ¿A qué pueblos llamamos civilizaciones históricas? ¿Por qué?

Un modelo de civilización: Egipto

Los egipcios desarrollaron un tipo de escritura llamada jeroglífica.

A partir del v milenio a. C., los pueblos que habitaban las orillas del río Nilo se unieron en torno a un rey, denominado **faraón**. El faraón tenía el **poder político**, **militar** y **religioso**. Ese poder lo ejercía con la ayuda del ejército y los sacerdotes.

La civilización egipcia creció gracias a la **fertilidad del río Nilo**. En sus orillas se recogían abundantes **cosechas**. Además, el río Nilo era la **vía de comunicación** para comerciar con lugares y pueblos muy lejanos.

Los egipcios fueron grandes **científicos** que avanzaron en el conocimiento de los **planetas** y en el **cálculo matemático**. Además, construyeron grandes tumbas, templos y palacios.

- La invención de la **escritura** significó el comienzo de la Historia.
- La escritura apareció a la vez en distintas zonas del planeta donde habían surgido **grandes civilizaciones**.
- Una de ellas fue la egipcia, que surgió gracias a las ventajas que aportaba el **río Nilo**.

Aplicamos

Taller

ESTUDIA INSCRIPCIONES ANTIGUAS

La escritura apareció en Mesopotamia. Se usaba para anotar los alimentos y los bienes que se almacenaban en las ciudades. Poco después surgió en Egipto. ¿Cómo escribían estos pueblos?

Escritura	Mesopotamia	Egipto
Nombre	Cuneiforme	Jeroglífica
Tipo	Marcaban signos abstractos que tenían un significado. 	Representaban cosas, ideas y sonidos mediante dibujos o pictogramas. 
Soporte	Tablillas de barro	Piedra y papiro

Paso 1. Anota en tu cuaderno las **diferencias entre la escritura cuneiforme y la escritura jeroglífica**.

Paso 2. En una tablilla de plastilina, **explica tu día de hoy** mediante dibujos. ¿Te resulta fácil?

3 **Completa.** Copia esta tabla en tu cuaderno y complétala con las características comunes de las primeras civilizaciones históricas.

Religión	Economía	Sociedad	Avances
◆◆◆	◆◆◆	◆◆◆	◆◆◆

4 **Define.** Explica con tus propias palabras el significado de estos términos:

politeísta faraón escriba

5 **Escribe** tres parecidos y tres diferencias entre alguna de las civilizaciones antiguas estudiadas y la sociedad en la que vives.

6 **COMPRENDE.** Observa este mapa de las principales civilizaciones humanas y compáralo con un mapamundi actual.

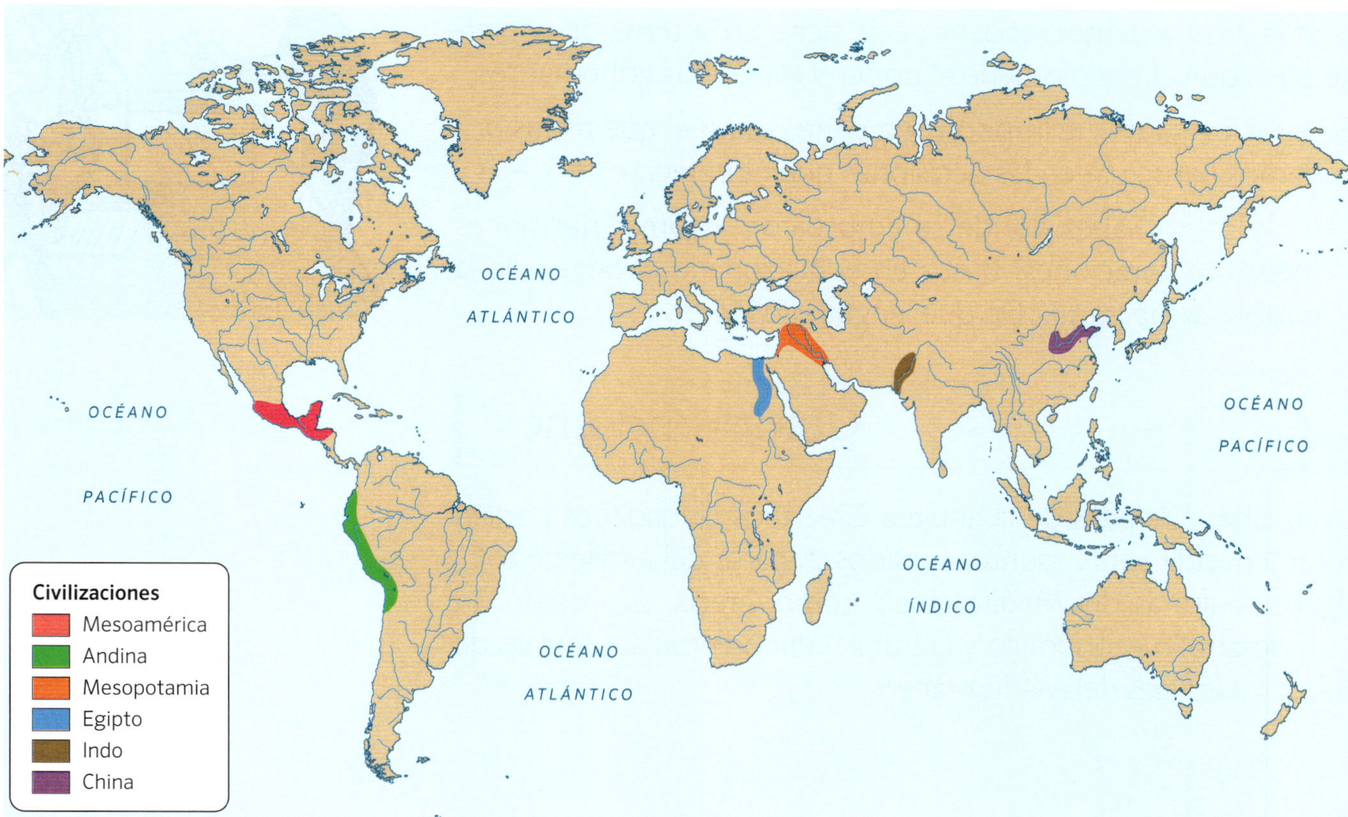

a. ¿En qué continentes surgió la escritura?

b. Nombra un país actual situado en cada una de las zonas donde surgieron las civilizaciones históricas.

c. ¿En qué continentes no surgieron grandes civilizaciones?

7 **ANALIZA.** Un historiador griego llamado Heródoto dejó escrito: "Egipto es un regalo del Nilo". ¿Por qué piensas que dijo eso? ¿Qué importancia tuvo el río Nilo para el desarrollo de la civilización egipcia?

I G **8** **DESCIFRA.** En este pergamino aparece el alfabeto cuneiforme y, a su lado, una frase escrita en castellano. Intenta escribir esa frase con caracteres cuneiformes.

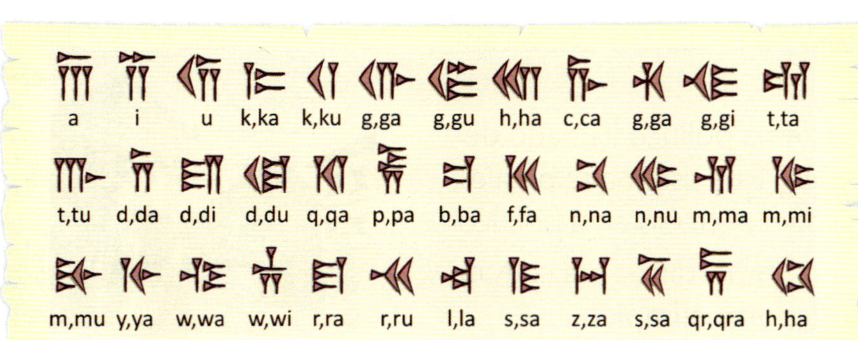

LA HISTORIA NOS AYUDA A CONOCERNOS.

Luego, escribe tu nombre usando el mismo tipo de escritura.

Nos activamos

España es una democracia, es decir, tiene un sistema de gobierno en el que el pueblo tiene el poder y elige a sus gobernantes.

1. **Reflexiona.** ¿Qué importancia tiene para ti el que todos podamos participar en las decisiones que nos afectan?

2. **Averigua.** ¿Sabes dónde se empezaron a tomar decisiones mediante votaciones? Busca en el diccionario el origen de la palabra *democracia*. ¿De qué lengua procede?

Comprendemos

En muchas ciudades de la antigua Grecia los ciudadanos podían votar y decidir sobre asuntos variados. A partir del II milenio a. C., algunas culturas del Mediterráneo, como Grecia, alcanzaron un gran desarrollo económico y cultural y difundieron sus formas de vida a otras áreas del Mediterráneo.

Los fenicios

La civilización fenicia surgió en torno al 1200 a. C. Eran **mercaderes** originarios del **Mediterráneo oriental**. Se organizaban en **ciudades** con características comunes y compartían una misma lengua, religión y escritura.

Los fenicios eran grandes constructores de barcos. Eso les permitió **navegar** por todo el Mediterráneo y **comerciar** con pueblos muy lejanos, incluso en las islas británicas.

Crearon numerosas colonias, entre las que destacó **Cartago**, en el norte de África. Desde ella organizaron viajes a la península Ibérica, a la que llamaron **Hispania**, o "tierra de conejos".

Los griegos

Esta civilización vivió su apogeo entre el 700 y el 300 a. C. Los griegos vivían en ciudades independientes o **polis**. Las más importantes fueron **Atenas** y **Esparta**.

En algunas ciudades se desarrolló un sistema político llamado **democracia**, que significa "poder del pueblo". Este sistema se basa en la participación ciudadana. Es el origen de nuestro sistema político.

Además, la civilización griega daba mucha importancia a la cultura. Allí surgieron la **filosofía**, el **teatro** o el **deporte olímpico**.

3. **¿Cómo se llamaban las ciudades independientes de los griegos? ¿Cuáles fueron las más importantes?**

Los viajes por el Mediterráneo

Desde el año 1000 a. C. los fenicios y los griegos establecieron **colonias** en zonas muy lejanas, como Gádir o Emporion, para comerciar con los habitantes de esas regiones.

Ese hecho permitió que muchos de sus avances culturales y económicos fueran conocidos por otros pueblos mediterráneos.

COLONIAS FENICIAS Y GRIEGAS

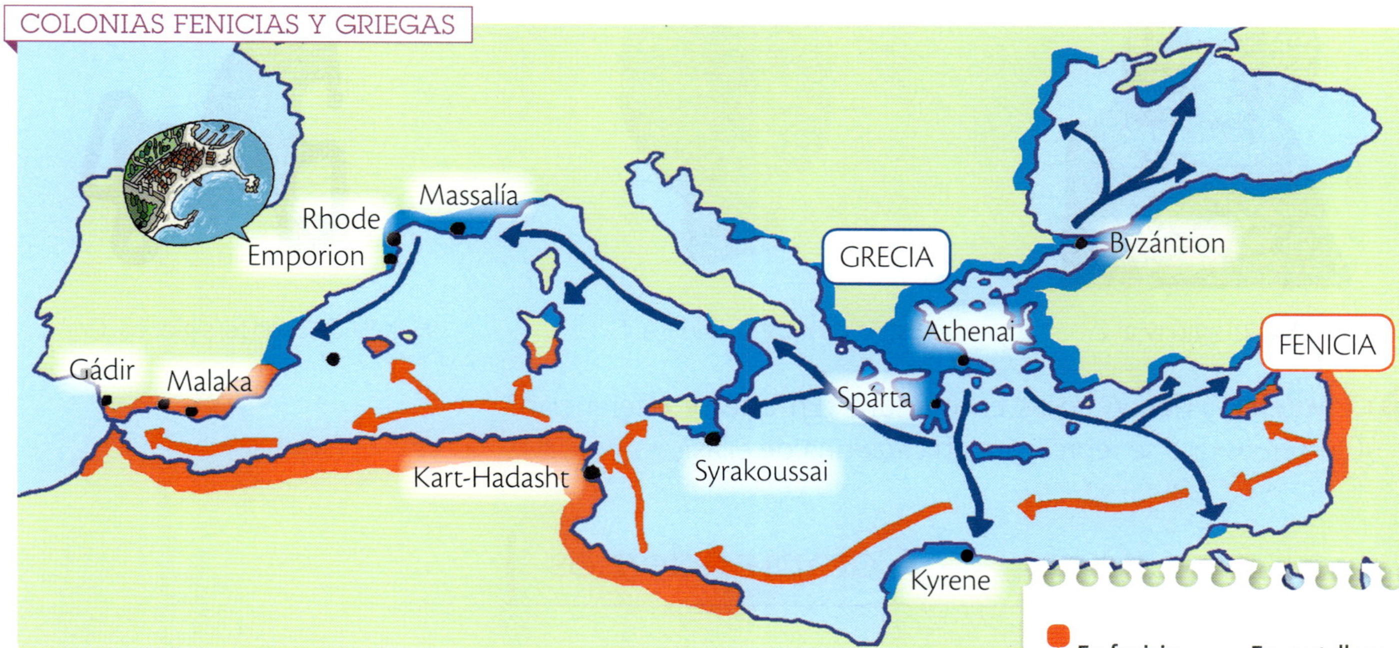

En fenicio	En castellano
Gádir	Cádiz
Malaka	Málaga
Kart-Hadasht	Cartago

En griego	En castellano
Emporion	Ampurias
Rhode	Rosas
Massalía	Marsella
Syrakoussai	Siracusa
Spárta	Esparta
Athenai	Atenas
Kyrene	Cirene
Byzántion	Bizancio

4 ¿Por qué griegos y fenicios fundaron colonias en otras zonas?

- En el Mediterráneo oriental surgieron las civilizaciones **fenicia** y **griega**.
- Los fenicios eran **grandes comerciantes** que recorrieron el Mediterráneo y fundaron **colonias** como Cartago.
- Los griegos desarrollaron la **democracia**, la **filosofía**, el **teatro** y el **deporte olímpico**.

Aplicamos

5 **Trabaja con el mapa.** Compara el mapa de las colonias fenicias y griegas con uno actual y di en qué países fundaron colonias.

6 **Investiga.** Busca en internet otros aspectos de la sociedad actual que provienen del mundo griego y anótalos en tu cuaderno. ¿Por qué siguen siendo importantes hoy día?

7 **Prepara la tarea.** Imagina que trabajas en un museo como arqueólogo. Observa estas figuras. ¿Cuál debe ir en la sala de arte fenicio y cuál en la de arte griego? Explica tu respuesta.

Encontrada en Gádir.

Encontrada en Emporion.

Nos activamos

Las siguientes figuras son obras de arte realizadas por pueblos que habitaban en la península Ibérica antes de la llegada de fenicios, griegos o romanos.

Dama de Elche, siglo IV a. C.

Estela cántabra, siglo II a. C.

Hebilla de bronce, siglo X a. C.

1 **Compara.** ¿Tienen cosas en común? ¿En qué se diferencian? ¿Qué crees que se representa en cada una de ellas?

Comprendemos

Los fenicios, incluidos los cartagineses, y los griegos encontraron a su llegada a la península Ibérica varios pueblos que tenían costumbres diferentes entre sí. Estos pueblos pertenecían a tres grandes grupos.

Los pueblos del norte

Los pueblos del norte vivían en **castros** formados por casas circulares. Se dedicaban a la agricultura y a la ganadería. Su desarrollo comercial y cultural era muy escaso, aunque sí habían mantenido contacto con otros pueblos costeros del **océano Atlántico** vinculados con la cultura celta.

Los pueblos del norte vivían en castros formados por casas circulares.

Los celtíberos

Eran **pueblos guerreros** que vivían en **poblados fortificados** y elevados. Se dedicaban a la agricultura, a la ganadería y a los metales, pero no conocían la moneda ni la escritura, y apenas comerciaban.

Los iberos

Vivían en **poblados fortificados y con torres**. Se dedicaban a la agricultura, la ganadería y la artesanía. Usaban **monedas** y comerciaban con los fenicios y griegos. De ellos aprendieron la **escritura** y recibieron **influencias culturales**.

Celtíberos e iberos vivían en poblados fortificados.

LOS PUEBLOS PENINSULARES

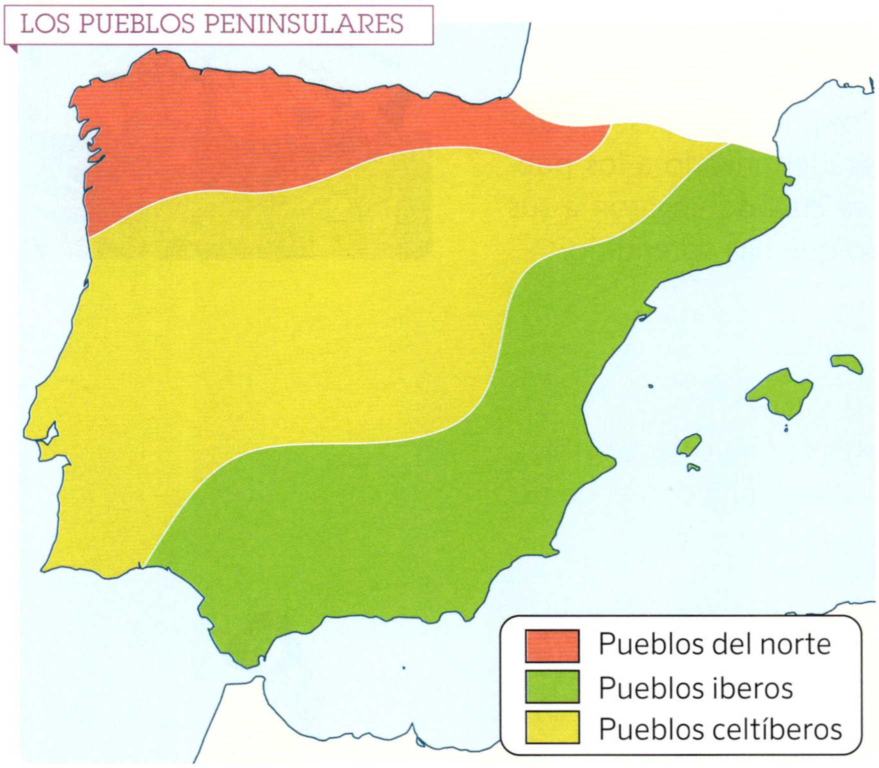

El enigma de Tartessos

En algún lugar del suroeste peninsular, probablemente entre las provincias de Cádiz y Huelva, se hallaba la capital de una civilización perdida, Tartessos.

Son muchos los enigmas que envuelven a esta civilización, pero se sabe que fue una cultura que se dedicó al comercio de metal con otros pueblos mediterráneos.

2 ¿Cuál de los pueblos peninsulares tenía mayor desarrollo económico y cultural? ¿Por qué?

3 ¿A cuál o cuáles de las tres culturas pertenecía el territorio de la comunidad autónoma en la que vives?

- En la Antigüedad, la península Ibérica estaba habitada por **pueblos del norte**, **celtíberos** e **iberos**.
- El contacto de estos pueblos con **otros colonizadores** fue fundamental para su avance cultural y artístico.

smMasSavia.com

¿Cuánto sabes sobre los pueblos prerromanos?

Aplicamos

4 **RELACIONA.** ¿Cuáles de las siguientes características están relacionadas con cada uno de los pueblos? Copia la tabla en tu cuaderno y escribe en cada apartado los conceptos que correspondan.

ganadería · castro · agricultura · fortificación · escritura · comercio

Pueblos del norte	Celtíberos	Iberos
◆◆◆	◆◆◆	◆◆◆

5 **PIENSA.** ¿Con qué pueblo peninsular relacionas cada una de las tres obras de arte de la página anterior? Explica tu respuesta.

6 **INVESTIGAD** en grupos sobre estos monumentos realizados por los pueblos que habitaban en la península Ibérica y preparad un mural.

Dama de Baza · Toros de Guisando · Castro de Santa Trega

PÁRATE A PENSAR

Has estudiado que la Historia surgió con la aparición de la escritura en algunas civilizaciones de Asia y África.

También has conocido a los fenicios y los griegos, que se expandieron por el mar Mediterráneo, y has identificado a los pueblos que habitaban la península Ibérica cuando llegaron a sus costas fenicios y griegos. Comprueba lo que has aprendido.

Las civilizaciones históricas

I G **1** **CORRIGE.** En cada párrafo de este texto se han colado errores. Cópialo corregido en tu cuaderno y compáralo con el de tus compañeros. ¿Has acertado?

- Las civilizaciones antiguas estaban gobernadas por un rey y eran monoteístas, es decir, adoraban a varios dioses.
- Estas sociedades construyeron las primeras aldeas con grandes palacios para los reyes.
- En las civilizaciones antiguas existían fuertes igualdades sociales. Las mujeres, por ejemplo, tenían más derechos que los hombres.
- En Egipto la máxima autoridad era el faraón, que disponía de poder político y militar, pero no del religioso.

2 **PREPARA UNA EXPOSICIÓN** con los datos más relevantes de la civilización egipcia. Para ello, asegúrate de que la explicación da respuesta a las siguientes preguntas:

- ¿Dónde surgió esta civilización?
- ¿Cuándo apareció?
- ¿Qué gran río sirvió de recurso para los egipcios?
- ¿Qué aportaba ese río?
- ¿Quién fue la máxima autoridad egipcia?
- ¿A qué se dedicaban los egipcios?
- ¿Cuáles fueron sus principales avances científicos?

¡Te tomo la lección!

Ayudar a un compañero a repasar es otra forma de aprender.

3 **Utiliza** una tabla como esta para preguntarle. Anota sus respuestas y señala qué sabe y qué apartados necesita repasar.

Pregunta	Respuesta	¿Lo sabe?	¿Necesita repasar?
¿Qué civilización organizaba la vida en polis?	◆◆◆	Sí / No	◆◆◆
¿Quiénes llamaron Hispania a la península Ibérica?	◆◆◆	Sí / No	◆◆◆
¿Quiénes exploraron primero el mar Mediterráneo, los griegos o los fenicios?	◆◆◆	Sí / No	◆◆◆
¿Qué grandes aportaciones hicieron los griegos?	◆◆◆	Sí / No	Sí / No

Los pueblos prerromanos

G 4 **Dibuja.** Organizados en grupos, copiad el mapa de la página 123 en una cartulina grande.

5 **Ordena.** Escribid y recortad etiquetas como estas. Colocadlas en la zona correcta del mapa.

Trabajaban la artesanía | Apenas comerciaban | No conocían la moneda | Contactaron con griegos y fenicios

Se situaban en el norte | Vivían en castros | Vivían en poblados fortificados | Conocieron la escritura

6 **Adivina.** Fíjate en la ilustración y describe la vida en el poblado. ¿A qué pueblo prerromano de tu mapa corresponde? ¿Por qué?

El poblado de la ilustración pertenece a..., porque...

Nos activamos

Seguro que has oído hablar de la música latina, pero puede que no sepas por qué se llama así.

1 **Averigua.** Para entenderlo, investiga cómo se llamaba la lengua que hablaban los romanos y qué lenguas actuales proceden de ella.

Séneca fue un poeta y filósofo cordobés, cuya cultura era latina.

Comprendemos

El término *latino* procede de Latium, región italiana cuyos habitantes hablaban un idioma que fue adoptado por Roma.

¿Qué fue Roma?

Roma fue una ciudad fundada en la **península Itálica** durante el siglo VIII a. C. Fue una **monarquía** gobernada por reyes hasta que sus habitantes organizaron una república.

La **república** romana se extendió por el **mar Mediterráneo** venciendo a importantes rivales, como los **cartagineses**. La conquista de territorios proporcionó a Roma **riquezas**, **materias primas** y **esclavos**.

Durante las conquistas, el poder de los generales creció tanto que la república no pudo controlarlo, y algunos de ellos, como **Julio César**, tomaron el poder. En el año 27 a. C., el general **Octavio Augusto** fue nombrado **emperador**.

Durante los dos siglos siguientes, el Imperio romano logró un largo período de estabilidad conocido como ***pax romana***.

La frontera, que los romanos llamaban ***limes***, se protegió con fortificaciones y todos los habitantes del imperio fueron reconocidos como **ciudadanos** de Roma.

De origen hispano, Trajano llegó a ser emperador de Roma. Otros emperadores hispanos fueron Adriano y Teodosio.

2 ¿Qué tres sistemas políticos hubo en Roma?

La vida cotidiana en una ciudad romana

Los romanos dividieron los territorios conquistados en **provincias**. En ellas construyeron **ciudades**. A los habitantes nativos les transmitieron su **idioma**, el latín, sus **costumbres** y sus **leyes**. Este proceso se llama **romanización**. ¿Cómo es una ciudad romanizada?

- Roma fue, sucesivamente, una **monarquía**, una **república** y un **imperio**.
- Roma transmitió a los territorios conquistados su idioma, sus costumbres y sus leyes en la **romanización**.

Aplicamos

3 **ORDENA** en una línea del tiempo los siguientes hechos sobre la Historia de Roma.

Imperio — Monarquía — Mayor poder de los generales — República — Origen de Roma

4 **COMPARA** el dibujo de la ciudad romana con la localidad en la que vives. Busca tres aspectos que se parezcan. ¿Qué diferencias observas entre ambas?

5 **RAZONA.** ¿Por qué crees que los romanos dividieron su imperio en provincias? ¿A qué división administrativa actual de España se parece?

Nos activamos

No todas las viviendas son iguales. Algunas personas viven en mansiones grandes y caras, y otras habitan pisos más pequeños y baratos.

1 **PREGÚNTATE.** ¿De qué depende el tipo de casa en que vivimos?

Comprendemos

Vivir en un tipo de vivienda o en otro suele estar relacionado con diferencias económicas y sociales entre las personas.

¿Cómo era la sociedad romana?

smMasSavia.com

Comprende la sociedad romana.

Como sucede en la actualidad, en el mundo romano existían grandes **desigualdades sociales**. Unos pocos poseían el poder y la riqueza, mientras el resto de la población eran gentes humildes o esclavos.

2 ¿Qué diferencia había entre un patricio y un plebeyo?

¿Cómo vivían en Roma?

Las **familias romanas** estaban bajo la autoridad del **padre**. Las **mujeres** vivían apartadas de la vida pública, por lo que se dedicaban a la crianza de los hijos y al cuidado del hogar.

Las **niñas** recibían una educación distinta a la de los niños, pues se las formaba para encargarse de las labores domésticas.

La **alimentación** dependía del nivel económico. Los ricos comían cereales, verduras, aceite, huevos, pescado y carne. Las personas humildes comían sobre todo harina y alguna fruta.

LA VIVIENDA EN ROMA

Las clases populares vivían en bloques de varios pisos llamados **ínsulas**. En las plantas bajas había tiendas o talleres.

Los ricos vivían en **domus**. Eran casas independientes organizadas en torno a un patio. Eran lujosas y tenían espacios separados para hombres y mujeres.

TRABAJAMOS LA COMPRENSIÓN LECTORA

3 **LOCALIZA EL TEMA.** ¿De qué trata el tema?

A. De la arquitectura doméstica en Roma.

B. De la dieta en la antigua Roma.

C. De algunos aspectos de la vida en Roma.

4 **RELACIONO SIGNIFICADOS.** El español deriva del latín, que era la lengua de romanos y romanas. Fíjate en el significado de *doméstico*. ¿A qué palabra del texto te recuerda?

> doméstico
> 1. adj. Perteneciente o relativo a la casa u hogar.

- En la sociedad romana había grandes **desigualdades sociales**.
- Los **patricios** dominaban a los **plebeyos** y los **esclavos**. La **mujer** estaba discriminada.

Aplicamos

G 5 **REPRESENTA UNA ESCENA.** Elige ser miembro de un grupo social de la antigua Roma. Recuerda que las mujeres tenían una situación diferente de la de los hombres.

Después cread una pequeña pieza teatral entre todos en la que cada uno represente su papel.

6 **TRABAJA CON LAS IMÁGENES.** Relaciona los grupos existentes en la sociedad romana con las viviendas que aparecen en esta página. ¿En qué tipo de vivienda crees que vivía cada grupo social?

7 **IMAGINA** que eres un patricio, un plebeyo o un esclavo romano. Escribe un diario en el que anotes lo que te sucede en tu vida.

Nos activamos

1 **RELACIONA.** ¿Sabías que muchas ciudades españolas fueron fundadas por los romanos? Intenta relacionar el nombre dado por los romanos con su denominación actual.

Emerita Augusta · Legio · Caesaraugusta · Corduba · Barcino · Tarraco

Entre los años 154 y 133 a. C., los romanos intentaron conquistar la ciudad de Numancia, pero sus habitantes se resistieron hasta que fueron finalmente derrotados.

Comprendemos

Los nombres de las cosas, incluidos los lugares donde vivimos, se relacionan con su pasado.

¿Cómo fue la conquista romana?

En el siglo III a. C., Roma rivalizaba con la colonia fenicia de **Cartago** por el control del mar Mediterráneo. Esa rivalidad hizo que se enfrentaran en Hispania. Así se inició la conquista romana de la península Ibérica.

La conquista de Hispania duró más de dos siglos. Algunos pueblos pronto aceptaron la dominación romana, pero otros se enfrentaron a los romanos en **guerras muy largas**. Fue el caso de los celtíberos o de los pueblos del norte.

Finalmente, en el siglo I a. C., el emperador **Octavio Augusto** conquistó toda Hispania.

- 218 a. C.: Los romanos llegan a la península Ibérica.
- 197 a. C.: Los romanos derrotan a los cartagineses.
- 181 a. C.: Comienza la guerra contra los celtíberos.
- 139 a. C.: Los romanos derrotan a los lusitanos.
- 19 a. C.: Los romanos derrotan a los cántabros.

2 ¿Por dónde se produjo la llegada de los romanos a la península Ibérica? ¿Por qué?

¿Cómo se organizó el territorio?

Al igual que el resto del Imperio, Hispania se organizó en **provincias**. En ellas se fundaron muchas **ciudades**, todas ellas similares a Roma.

Estas **ciudades** tenían grandes edificios, como los teatros y los templos, y con obras de ingeniería como los acueductos y las fuentes.

También se construyeron **puentes** y **calzadas** que agilizaron los viajes a Roma y facilitaron el transporte y el comercio.

Puente romano construido entre los años 103 y 104 d. C. en la localidad de Alcántara, en la provincia extremeña de Cáceres.

- La **conquista romana de Hispania** se inició en el siglo III a. C., y finalizó en el siglo I a. C. con el emperador Augusto.
- Se fundaron **ciudades** a imagen de Roma, con grandes edificios. También se construyeron puentes y calzadas.

El **foro** era la plaza principal.

En los **templos** se veneraba a los dioses de la mitología romana.

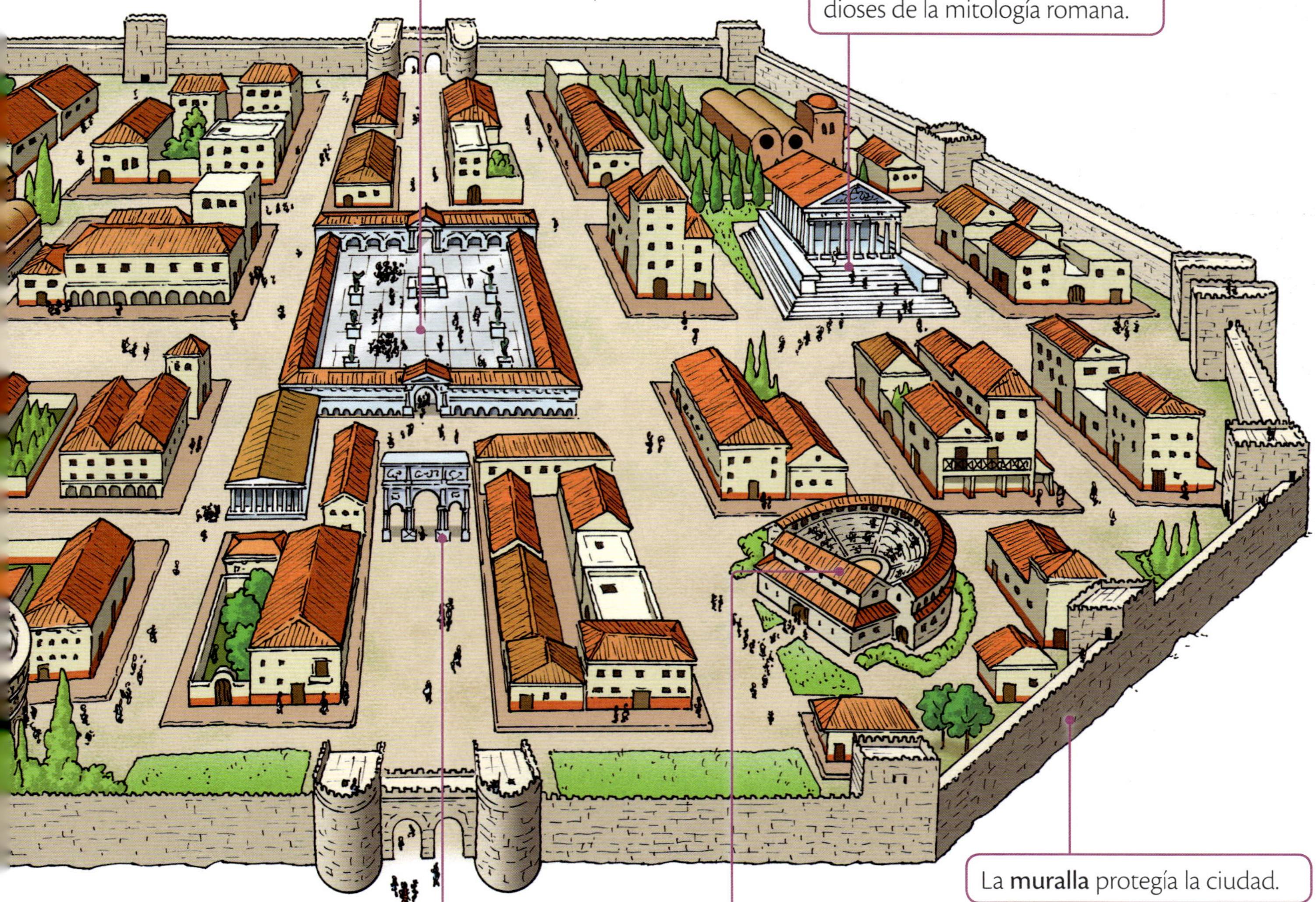

La **muralla** protegía la ciudad.

Los **arcos de triunfo** recordaban victorias militares.

En el **teatro** se representaban tragedias y comedias.

Aplicamos

3 ANALIZA. A continuación, puedes ver una serie de construcciones de origen romano que se conservan en la España actual. Obsérvalos y explica para qué piensas que se utilizaban.

Arco de triunfo de Medinaceli, Soria.

Acueducto de Segovia.

Teatro de Mérida, Badajoz.

Anfiteatro de Tarragona.

4 DESCRIBE. Elige uno de los cuatro edificios y explica cómo es.

5 ORDENA de más antigua a más reciente las etapas de la conquista romana de Hispania. Para ello dibuja un eje como este en tu cuaderno. Añade las fechas que conozcas y el siglo al que pertenecen.

Octavio Augusto derrota a los cántabros.	Comienza la guerra de Roma contra Cartago.	Los romanos llegan a Hispania.
Los romanos derrotan a los cartagineses.	Los romanos derrotan a los lusitanos.	Comienza la guerra contra los celtíberos.

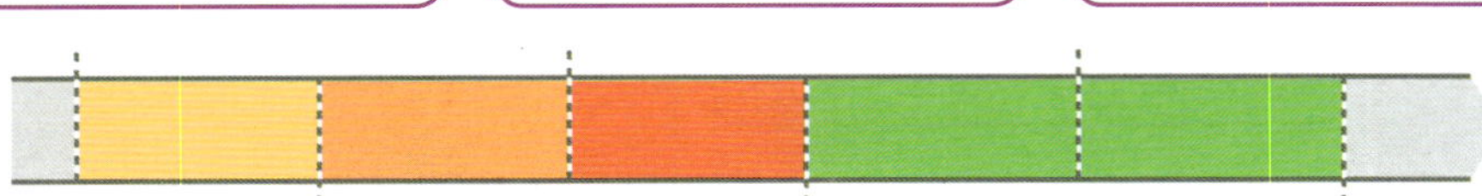

6 **TRABAJA CON EL MAPA.**

a. Observa el mapa inferior y, con la información que te da, adivina de qué calzada romana se habla en cada caso.

LAS VÍAS ROMANAS EN HISPANIA

- Vía que unía la ciudad de Gades con la de Emporiae.
- Calzada que recorría la actual Portugal.
- Vía que pasaba por Emerita Augusta.
- Calzada que iba desde el océano Atlántico hasta el mar Mediterráneo.

b. En el mapa aparecen una serie de ciudades con sus nombres romanos. Trata de localizar cómo se llamaban en tiempos romanos las siguientes ciudades.

Zaragoza · Cádiz · Sagunto · Lisboa · Sevilla · A Coruña

c. Investiga si pasaba alguna vía romana cerca de tu localidad. ¿Cuál? ¿Qué poblaciones comunicaba?

d. Busca información. ¿Qué es hoy día la Vía de la Plata? ¿Qué ciudades une?

7 **CALCULA.** El legionario romano Marco Ulpiano se entrenaba andando a diario 25 kilómetros. ¿Cuántos días tardaría en recorrer los 2460 kilómetros que hay entre Roma y Gades?

8 **REDACTA** una breve explicación sobre qué fue la romanización. En ella tienes que incluir las siguientes palabras.

Hispania · Roma · leyes · costumbres · lengua

9 smMasSavia.com | ¿Cómo vivían los antiguos romanos?

Nos activamos

1 **COMPRENDE.** Seguro que alguna vez has oído decir "Se comportaron como auténticos bárbaros" o "¿Cómo puedes permitir que haga esas barbaridades?". ¿A qué se refieren esas expresiones? ¿Cuál es su origen?

Guerrero *bárbaro* con su vestimenta y sus armas de combate.

Comprendemos

Los antiguos griegos empleaban el término *bárbaro* para referirse a los extranjeros que no hablaban griego. Los romanos adoptaron el término para referirse a los pueblos que vivían al otro lado de la frontera del Imperio. A partir del siglo III esos pueblos, casi todos germánicos, atravesaron las fronteras y se expandieron por el Imperio.

La crisis del siglo III

La desaparición del Imperio romano fue un proceso lento. Desde el siglo III d. C., el Imperio detuvo su expansión. Roma vivió una **gran crisis**, motivada por varias **causas**:

Cambios económicos. Cuando se redujo la llegada de riquezas y esclavos, los gobernantes subieron los impuestos a los ciudadanos para aumentar sus ingresos.

Ataques del exterior. Las fronteras del Imperio quedaron desprotegidas y los pueblos germánicos del norte de Europa atacaron las ciudades romanas.

Cambios culturales. En el siglo I, Jesús de Nazaret predicó la religión cristiana, que negaba el politeísmo y las desigualdades de la sociedad romana. La crisis extendió esta nueva religión por el Imperio.

Cambios sociales. Muchas familias en todo el Imperio abandonaron las ciudades para no pagar tantos impuestos. La vida se desarrolló en el campo y las ciudades perdieron su esplendor.

Caída de Roma y fin de la Edad Antigua

En el siglo IV, el emperador **Teodosio**, de origen hispano, estableció el **cristianismo** como religión oficial de Roma. A su muerte, dividió el imperio entre sus dos hijos: se crearon así el **Imperio romano de Occidente** y el **Imperio romano de Oriente**.

En el **siglo V**, los pueblos **germánicos** atacaron el Imperio occidental desde varias fronteras y lograron invadirlo. Algunos de ellos, como los **visigodos**, se instalaron en Hispania.

La caída del último emperador del Imperio romano de Occidente marca el **fin de la Edad Antigua**.

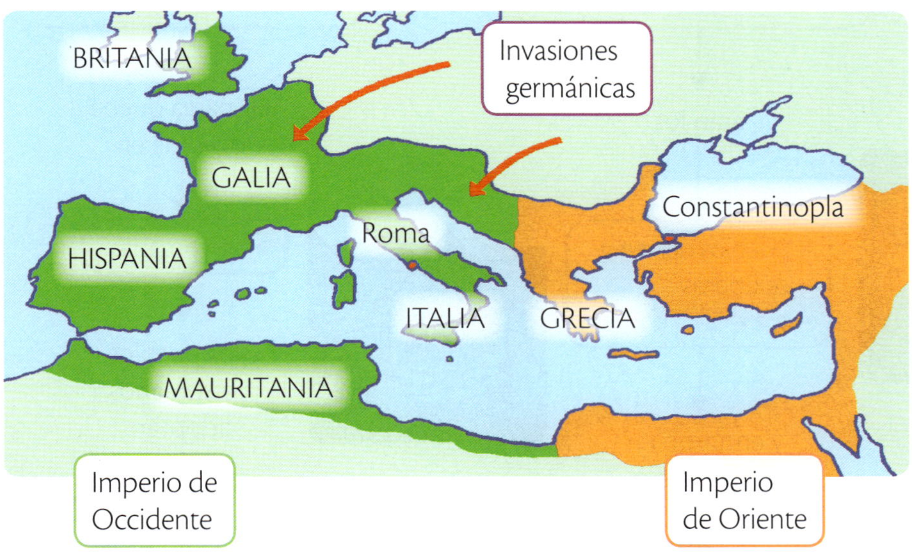

Oriente en Occidente
En el siglo VI, el Imperio romano de Oriente logró recuperar durante un tiempo posesiones en Occidente. ¡Incluso en Hispania!

El Imperio romano de Occidente cayó ante los bárbaros en el año 476. Los germanos vencieron al último emperador, Rómulo Augústulo, que tenía 13 años.

El Imperio romano de Oriente o Imperio bizantino resistió a las invasiones y perduró durante mil años más. Su capital era Constantinopla (Bizancio).

2 ¿Cuáles fueron las causas que provocaron el fin de la civilización romana?

- La **crisis** del Imperio romano se inició en el **siglo III**.
- En el siglo V los **pueblos germánicos** invadieron el Imperio romano de Occidente, dando fin a la Edad Antigua.

Aplicamos

3 INVESTIGA. En parejas, buscad el significado de estas palabras y explicad su relación con el cristianismo.

catacumbas | bautismo | crucifixión | Jesucristo

4 TRABAJA CON EL MAPA.

a. Nombra las capitales de los Imperios de Occidente y Oriente.

b. ¿En cuál de los dos quedó Hispania?

5 PREPARA LA TAREA. De las imágenes que aparecen en la página izquierda, ¿qué objetos rescatarías para conocer esta etapa histórica?

COMPROBAMOS LO APRENDIDO

1 **Copia y completa** el esquema en tu cuaderno.

LA EDAD ANTIGUA

- primeras civilizaciones → península Ibérica
  - primeras civilizaciones
    - surgen cerca de
    - grandes ◆◆◆
    - inventan la
    - ◆◆◆
    - y tiene un gran
    - desarrollo cultural y económico
  - península Ibérica
    - pueblos prerromanos
      - eran los
      - – pueblos del ◆◆◆
        – celtíberos
        – ◆◆◆
      - y entraron en contacto con
      - los ◆◆◆ y griegos
    - romanización
      - Hispania queda dividida en
      - ◆◆◆ romanas
      - y los pueblos prerromanos adoptan
      - – la lengua
        – las costumbres
        – ◆◆◆

2 **Completa** las siguientes frases en el cuaderno con la información obtenida del esquema:

- Durante la Edad Antigua aparecieron las primeras ◆◆◆ humanas.
- Las primeras civilizaciones surgieron en los valles de algunos ◆◆◆.
- En la península Ibérica vivían los pueblos ◆◆◆, que eran los ◆◆◆, los ◆◆◆ y los ◆◆◆.
- Estos pueblos prerromanos entraron en contacto con ◆◆◆ y con ◆◆◆.
- Tras la conquista de Roma, el territorio de Hispania quedó dividido en ◆◆◆.
- La romanización de la península Ibérica consistió en ◆◆◆.

3 **Relaciona** cada uno de los siguientes términos con la civilización de la Antigüedad a la que pertenece. Para ello, copia previamente la tabla en tu cuaderno.

Egipto	Grecia	Fenicia	Roma
◆◆◆	◆◆◆	◆◆◆	◆◆◆

polis	Imperio	alfabeto
grandes ríos	Cartago	politeístas
culturas clásicas	Mediterráneo	jeroglíficos
comercio	romanización	circo
provincias	obras públicas	latín

4 **ADIVINA** qué pueblo describe el texto.

> EL SEMANARIO, lunes 24 de mayo 7
>
> **Hallado un poblado de la Edad Antigua**
>
> Carla Falcata del Hierro
>
> Vivían en poblados del norte de Europa dedicados a la ganadería. Fueron duros guerreros y saquearon las ciudades del Imperio romano antes de su división. Finalmente invadieron el Imperio en el siglo V.

5 **DIBUJA** un guerrero de ese pueblo en tu cuaderno y señala qué armas usaba.

6 **ORGANIZA** las palabras y escribe dos frases en las que hables de la civilización egipcia.

río Nilo | escriba | pirámide | cosechas | faraón | jeroglífico

7 **COMPRENDE.** Observa las siguientes imágenes y relaciónalas con la civilización o pueblo al que pertenecen.

8 **INVESTIGA.** Los dioses de Grecia y Roma tenían características parecidas, pero sus nombres eran distintos. Aquí puedes ver su nombre en griego.

AFRODITA

ZEUS

ATENEA

POSEIDÓN

ARTEMISA

APOLO

a. Elige un dios griego y busca el dios romano equivalente. Compáralos.

b. Expón tu investigación delante de tus compañeros.

c. Investiga. ¿Qué planetas del sistema solar llevan el nombre de dioses clásicos? ¿Son nombres griegos o romanos?

9 **RESPONDE.** ¿Por qué se dice que Roma vivió una crisis en el siglo III? ¿Cuáles fueron las causas? ¿Qué consecuencias tuvo esa crisis?

Mi diario

1 En esta unidad he aprendido cuáles fueron las primeras civilizaciones. Saberlo me sirve para...

2 Mi compañero... ha hecho... de forma diferente a mí. Él lo ha hecho de esta manera...

3 ¿Cómo me he sentido durante esta unidad dentro de mi equipo? Intento explicar por qué.

smMasSavia.com | Autoevaluación.

MEJORA TU VISIÓN DEL PASADO

Los descubrimientos arqueológicos nos ayudan a entender los modos de vida de otras épocas. Los arqueólogos se encargan de recoger, clasificar, catalogar y exponer en museos los objetos encontrados con el fin de darlos a conocer.

Para que vuestros compañeros de 1.° y 2.° conozcan la importancia de esos descubrimientos, vais a convertiros en arqueólogos que preparan una exposición sobre arte prehistórico.

Preparamos los materiales

PASO 1 **RECORDAD.** Recuperad la información y fotografías de los objetos prehistóricos que habéis conocido en la unidad 5. Cada uno de vosotros elegirá uno de esos objetos, e intentará, con ayuda de un adulto, realizar una reproducción. Puedes acompañarlo de un dibujo que ilustre su uso.

PASO 2 **PLANIFICAD.** Elegid cómo vais a organizar la exposición, si agruparéis las obras por etapa o por tipo de objetos. Además, debéis elegir un nombre llamativo para la exposición. Hay que tener en cuenta que vuestros compañeros no saben tantas cosas de esta etapa como vosotros.

PASO 3 **CLASIFICAD.** Elaborad una ficha para cada herramienta como la que se muestra a la derecha. Debe incluir la siguiente información:

- Nombre del objeto.
- Características: material con el que está realizado el objeto y finalidad para la que fue construido.
- Etapa de la Prehistoria en la que apareció.
- Evolución que ese objeto tuvo en las etapas históricas posteriores. Para ello podéis consultar la actividad 6 que realizasteis en el epígrafe 3 de la unidad 5, así como la actividad 7 del epígrafe 2 de la unidad 6.

FICHA DE OBJETO PREHISTÓRICO

Nombre del objeto: ________

Características (material y técnica): ________

Etapa de la Prehistoria: ________

Evolución de ese objeto en etapas posteriores: ________

TAREA FINAL

Organizamos la exposición

PASO 4 **ORGANIZAD.** Con toda la información que habéis preparado ya estáis listos para organizar la exposición.

Debéis elegir un día y una hora para llevar a cabo la inauguración, además de decidir durante cuánto tiempo va a estar abierta.

También tenéis que buscar un lugar del colegio donde realizaréis la exposición. Decidid en qué lugar se va a colocar cada objeto y la información que sobre él vamos a adjuntar.

PASO 5 **COMUNICAD.** Es importante difundir entre los compañeros de 1.º y 2.º que va a haber una exposición en el colegio sobre la Prehistoria. Para eso podéis preparar algunos documentos publicitarios.

Debéis hacer un cartel grande, que colocaréis en la entrada del colegio, así como, por ejemplo, folletos, que repartiréis por las clases.

Mi diario

1. ¿Sentirías no haber podido ir a clase y haberte quedado sin realizar esta tarea? ¿Por qué? ¿Qué crees que habrías aprendido al hacerla?
2. Digo una cosa nueva que he hecho hoy por primera vez.
3. Durante la tarea realizada ha ocurrido algo que no me ha gustado mucho. Intento explicarlo.

¿QUÉ SABÍA, QUÉ SÉ?

Después de aprender lo que es el tiempo histórico y las etapas en las que se divide, estudiamos las dos primeras, la Prehistoria y la Edad Antigua. Compara en este esquema lo que sabías antes con lo que has aprendido.

PREHISTORIA

EDAD ANTIGUA

EDAD MEDIA

EDAD MODERNA

EDAD CONTEMPORÁNEA

Aparición del ser humano

PALEOLÍTICO

- Tribus en cuevas.
- Herramientas de piedra tallada.
- Dominio del fuego.

NEOLÍTICO

- Agricultura y ganadería.
- Herramientas de piedra pulimentada.
- Piezas de cerámica.

EDAD DE LOS METALES

- Dominio de la metalurgia.
- Artesanía.
- Alfarería.

Aparición de la escritura

PRIMERAS CIVILIZACIONES

- Surgen cerca de grandes ríos.
- Inventan la escritura (cuneiforme, jeroglífica).
- Gran desarrollo cultural y científico.

ROMA

- Primero fue una monarquía; luego, una república y, finalmente, un imperio.
- El imperio se extendió por Europa, África y Asia.
- Las riquezas que había en los territorios que conquistó permitieron su desarrollo.
- La crisis del Imperio romano se inició en el siglo III d. C.
- En el siglo V los pueblos germánicos provocaron el fin del Imperio romano de Occidente.

Fin de la Edad Antigua

- Cazadores y recolectores.
- Nómadas.
- Primeras pinturas.

- Poblados.
- Sedentarios.
- Primeros megalitos.

- Primeros medios de transporte.
- Grupos sociales poderosos.

PENÍNSULA IBÉRICA

- Estaba habitada por pueblos del norte, celtíberos e iberos.
- Los colonizadores fenicios y griegos trajeron la escritura, la moneda y su cultura.

PENÍNSULA IBÉRICA

- La conquista romana de la Península se inició en el siglo III a. C., y finalizó en el siglo I a. C.
- Se produjo un proceso llamado romanización.

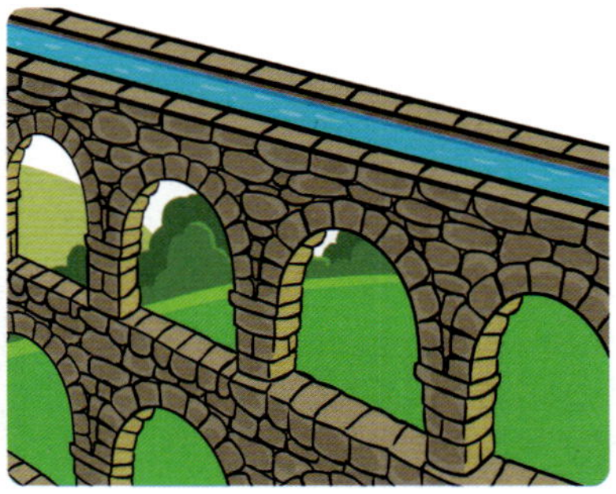

Las huellas del tiempo

1. Indica qué características surgidas en el Neolítico siguieron durante la Edad Antigua.
   A. Pinturas rupestres y cerámica.
   B. Megalitos y ganadería.
   C. Metalurgia y escritura.
   D. Agricultura y cerámica.

2. La escritura surgió entre las primeras civilizaciones humanas. Observa el esquema y responde.
   a. ¿Cuáles fueron esas civilizaciones?
   b. ¿Cuál es la escritura surgida en Mesopotamia? ¿Dónde y cómo se escribía?
   c. ¿Qué diferencias hay entre esa escritura y la de Egipto?
   d. ¿Qué tipo de escritura desarrollaron los egipcios?

3. ¿Con qué épocas relacionas estas definiciones?
   - Las riquezas de los territorios que conquistaron permitieron su desarrollo.
   - Vivían en cuevas.
   - Levantaron monolitos.

4. ¿En cuál de las etapas históricas que has estudiado te gustaría vivir? Explica las razones.

5. Todas las civilizaciones dejan su huella en las siguientes. Piensa en dos períodos de la Prehistoria y la Edad Antigua y señala su importancia en la actualidad.

AMPLÍA tu mirada

¿Quién vacía y llena el Mediterráneo?

Hace 6 millones de años, el mar Mediterráneo se cerró y gran parte del agua se evaporó. Quedaron tan solo pequeños lagos a casi 1000 metros por debajo del nivel del mar.

Sin embargo, hace 5,3 millones de años el océano Atlántico logró traspasar Gibraltar y el Mediterráneo se volvió a llenar. ¡Menuda inundación!

Los romanos llamaban *Mare Nostrum* al mar Mediterráneo. ¿Por qué?

¿Dónde se inventó el tiempo?

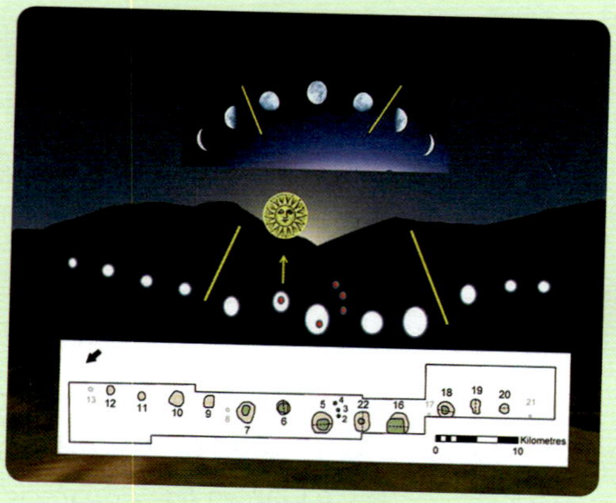

El calendario más antiguo que se conoce se realizó en Escocia, en el año 8000 a. C.

Los seres humanos de la Prehistoria eran aún cazadores y recolectores, e inventaron un sistema para medir el tiempo y saber cuándo llegaría la próxima estación. Así sabían qué animales podían cazar o qué alimentos iban a poder recolectar.

Observando el Sol y la Luna hicieron pozos en el suelo y obtuvieron un gran calendario solar.

¿En qué etapa de la Prehistoria se hizo este calendario? ¿Hace cuántos milenios sucedió?

Los primeros médicos españoles

Antes de la llegada de los fenicios, los celtas tenían sus propios médicos: los druidas.

Eran poderosos y velaban por la salud del pueblo.

Además, conocían los secretos de los bosques y sus plantas.

¿Qué pueblos vivían en la Península cuando llegaron los fenicios?

Delante de las narices

Hoy día ya sabemos cómo se trasladaban las enormes piedras con las que se construyeron las pirámides: en trineos sobre la arena del desierto.

Pero, durante años, numerosos científicos intentaron averiguar cómo fue esto posible sin que tales trineos se hundieran en la arena con tanto peso. En este grabado, los egipcios nos dejaron dibujado su secreto.

¿Qué hacen los egipcios del grabado?

¿Para quién eran las pirámides?

¡Viejo, pero muy válido!

El derecho romano fue el conjunto de leyes que tenían los romanos para juzgar con sencillez y facilidad las disputas entre sus ciudadanos.

Aunque parezca mentira, muchas leyes actuales provienen de él. Y todavía se oye en los juicios: "El derecho romano dice...". ¡Con los siglos que han pasado desde entonces!

En la época romana, ¿todos los ciudadanos tenían los mismos derechos?

¿Sin brazos?

Las esculturas griegas y romanas que se conservan en los museos de todo el mundo tienen, normalmente, algo en común: les faltan los brazos.

Pero no penséis que se hicieron así. A lo largo de los siglos las guerras, los saqueos y las destrucciones. así como los traslados de estas obras de arte provocaron la caída de sus brazos.

¿Por qué es importante conservar el patrimonio cultural?

Atlas. Mi mundo, mi país, mi comunidad

Las representaciones de la Tierra

Los **globos terráqueos** y los **planisferios** son representaciones de toda la superficie de la Tierra.

Además, los **mapas** pueden representar partes del territorio de nuestro planeta, y aportan datos físicos (como montañas o ríos) o políticos (como países o comunidades). También pueden mostrar informaciones temáticas, como las carreteras, la fauna, etc.

Si la sección representada es muy pequeña, no hablamos de mapas sino de **planos**.

TIPOS DE REPRESENTACIONES

El **globo terráqueo** es una representación a escala de la Tierra que respeta la forma del planeta.

El **planisferio** es una representación de la Tierra sobre un plano. Por tanto, no mantiene la forma del planeta.

mapa político

mapa físico

plano urbano

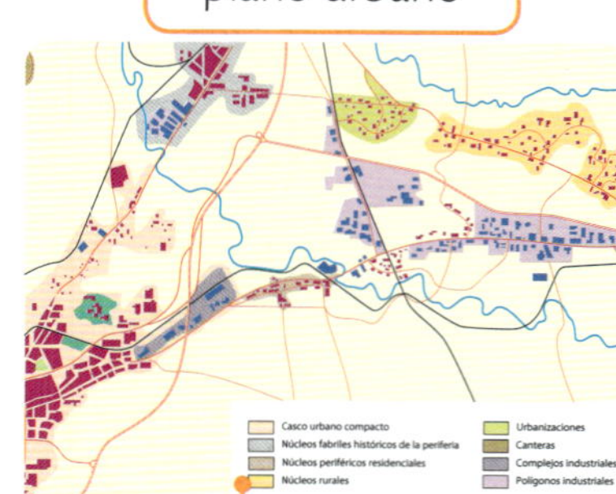

Cualquier tipo de representación puede incluir una **leyenda**.

Para orientarnos por los mapas utilizamos los puntos cardinales y las coordenadas geográficas.

Los **puntos cardinales** se indican gracias a la **rosa de los vientos**, un símbolo circular utilizado por los marineros desde hace siglos para orientarse en la navegación. En él se marcan los cuatro rumbos: norte (N), sur (S), este (E) y oeste (O).

Las **coordenadas geográficas** son líneas imáginarias llamadas paralelos y meridianos que sirven para localizar cualquier punto sobre la superficie terrestre.

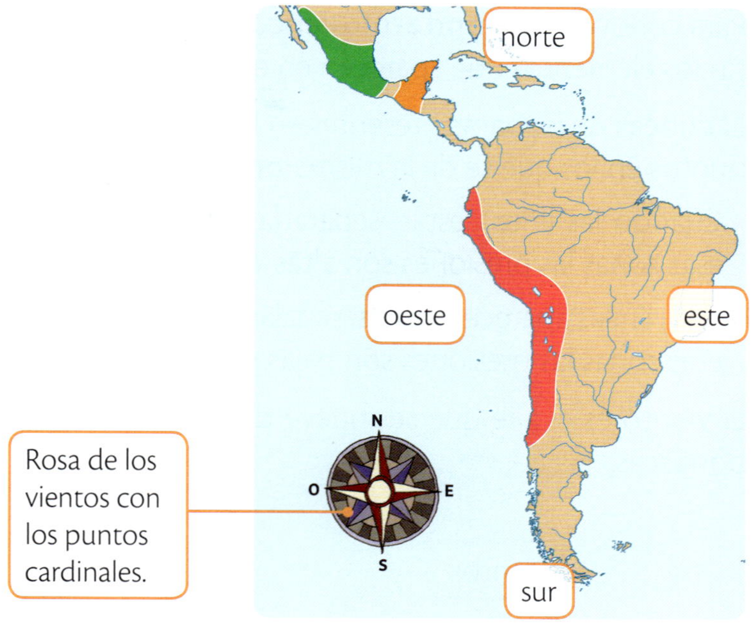

PARALELOS Y MERIDIANOS

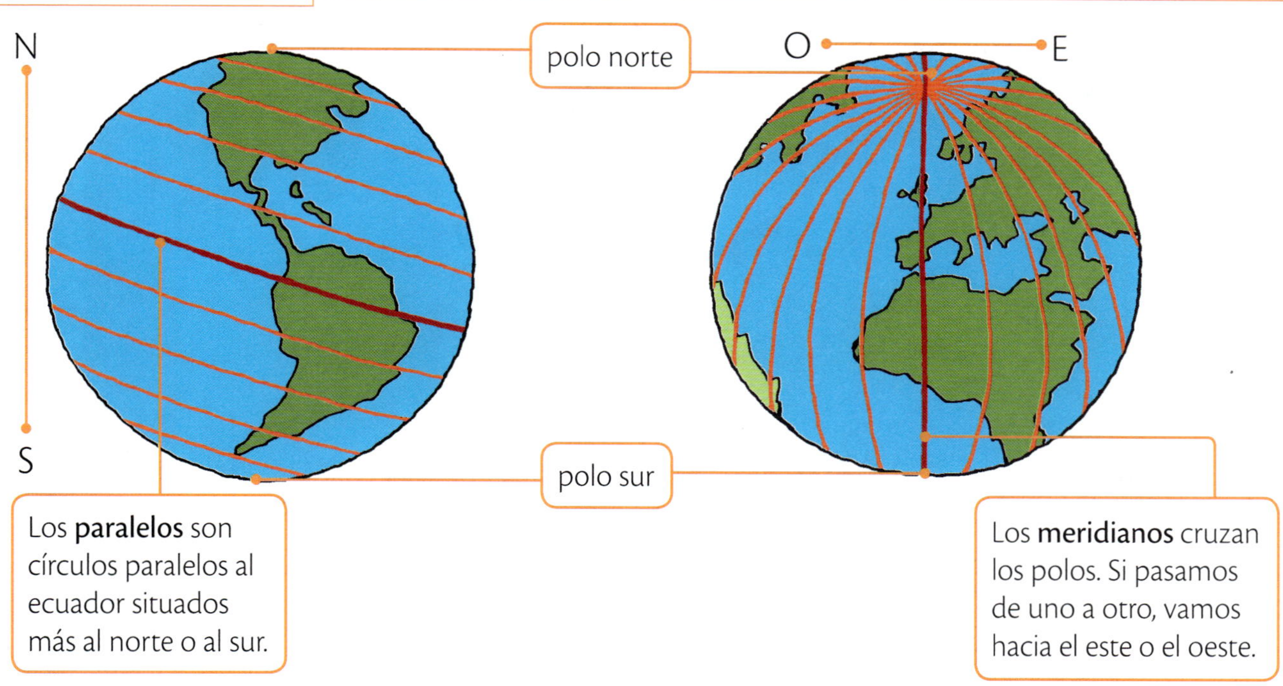

ANALIZA LOS DATOS

1. ¿En qué se diferencia un globo terráqueo de un planisferio? ¿Cuál representa mejor la Tierra? ¿Por qué?
2. Si necesitaras buscar en un mapa la provincia en la que vives, ¿qué tipo de mapa usarías? ¿Por qué?
3. ¿Qué tipo de mapa necesitas para pasear por una ciudad que no conoces?
4. Copia en tu cuaderno la siguiente tabla y complétala.

Los puntos cardinales	
◆◆◆	◆◆◆
◆◆◆	◆◆◆

5. ¿Qué son las coordenadas geográficas y para qué sirven?

El tiempo y el clima en España

Para conocer el **tiempo atmosférico** es importante saber interpretar los elementos que aparecen en el mapa del tiempo.

Las **líneas de isobaras** presentes en los mapas del tiempo unen los puntos en los que se da la misma **presión atmosférica**:

- Cuando las líneas están separadas, indican los **anticiclones**. En esas zonas las presiones son altas y el tiempo es estable.
- Si las líneas aparecen juntas, señalan la existencia de **borrascas**. En esas zonas las presiones son bajas y se producen precipitaciones.

El **viento** es el aire que se mueve desde los anticiclones hacia las borrascas.

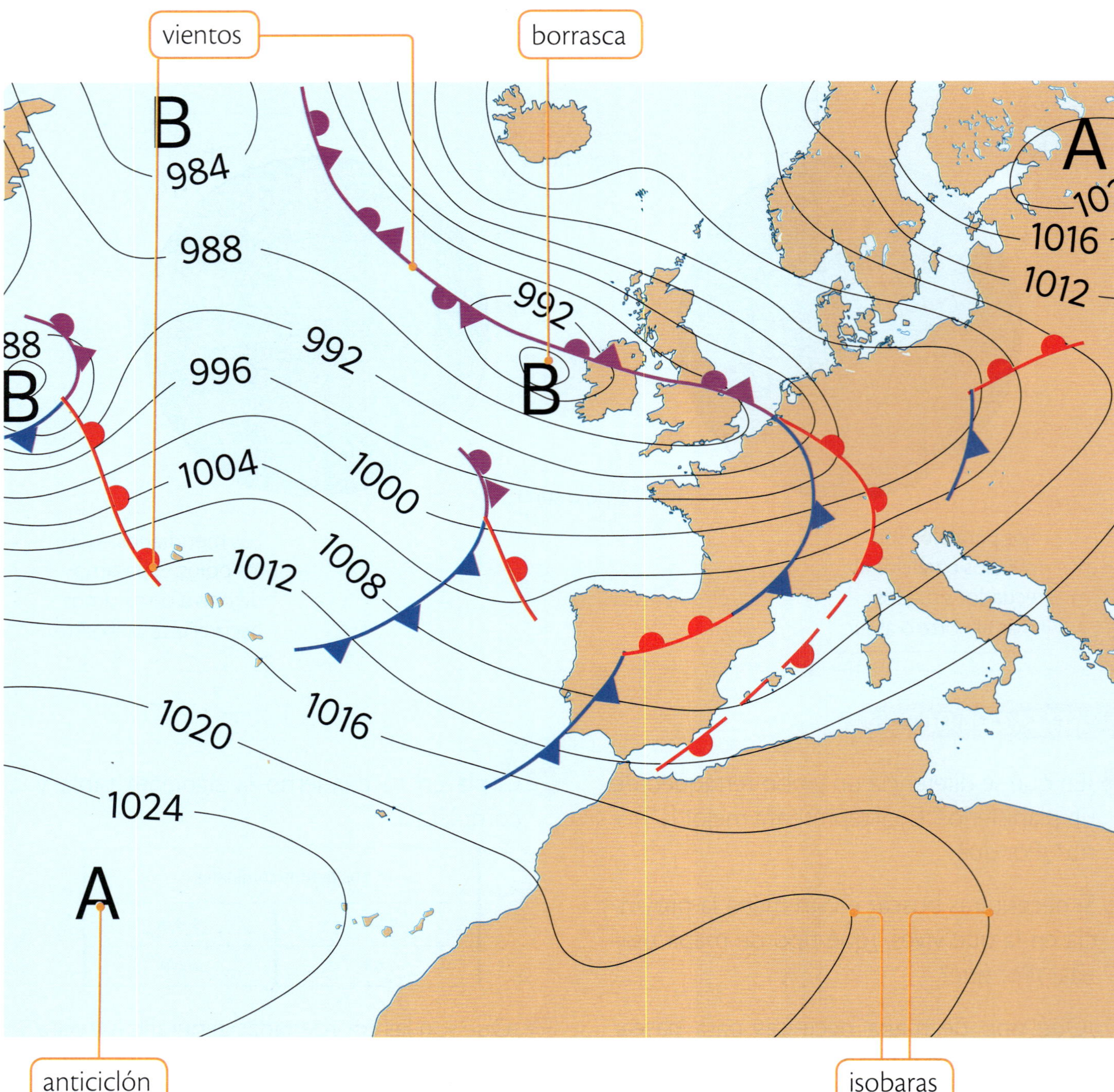

El anticiclón de las Azores y clima español

En España existe una gran variedad de climas debido al relieve, la latitud, el mar, etc. Uno de los elementos que más influyen es el **anticiclón subtropical de las Azores**. Este hace que predomine un clima **mediterráneo** templado, con veranos secos y calurosos, más acentuado en el interior.

El clima **subtropical** de las **islas Canarias** también está influido por este anticiclón y, además, por los vientos alisios y la corriente marina.

ANALIZA LOS DATOS

1. ¿Son lo mismo tiempo atmosférico y clima? ¿Cuál es la diferencia?

2. Copia la tabla en tu cuaderno y explica qué define cada término.

Anticiclón	◆◆◆
Borrasca	◆◆◆

3. ¿Cuáles son los principales factores que influyen en el clima de un lugar?

4. Observa el mapa y contesta a las preguntas.
   a. ¿Qué tipos de clima existen en España?
   b. ¿A qué crees que se debe esa variedad de climas?

El clima en la Comunidad de Madrid

En la Comunidad de Madrid se diferencian **dos tipos de clima**:

- **De montaña.** Se da en las zonas del norte de la comunidad, con inviernos muy fríos y veranos frescos. Las precipitaciones son abundantes, buena parte de ellas en forma de nieve.
- **Mediterráneo interior.** Predomina en la comunidad, con veranos calurosos, inviernos fríos y lluvias moderadas.

Temperaturas medias mensuales de Madrid

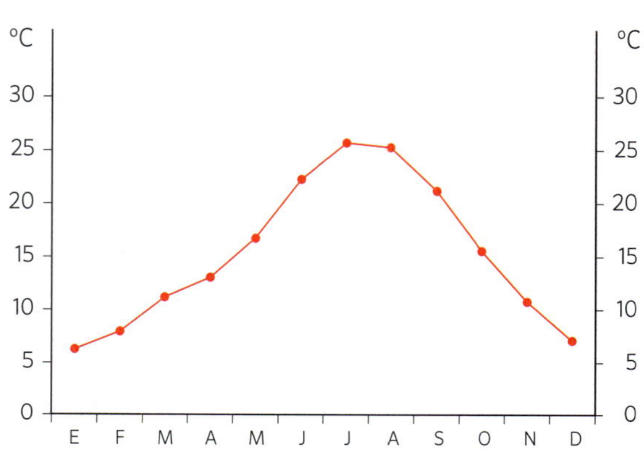

Temperatura media anual: 15,0 °C

Precipitaciones mensuales de Madrid

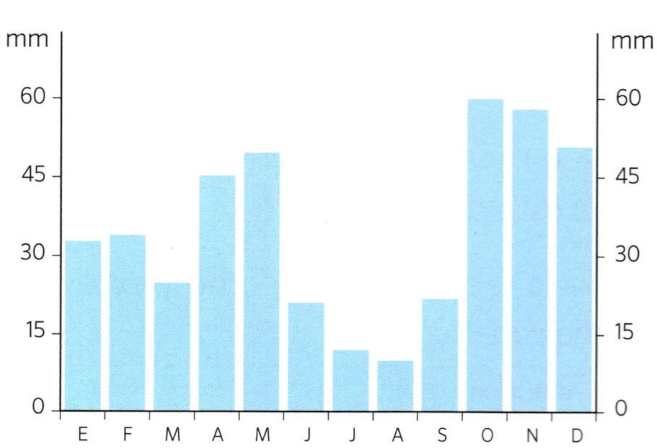

Precipitación anual: 421 mm

Catástrofes meteorológicas en Madrid

Las **catástrofes naturales** son grandes destrucciones provocadas por causas ajenas a los seres humanos. Algunas de ellas están **relacionadas con el clima**. Eso hace que en unas zonas del planeta haya un tipo de catástrofes naturales y en otras zonas las catástrofes sean de otro tipo.

En la Comunidad de Madrid las catástrofes naturales más habituales son:

- Las **sequías**, debido a la ausencia de lluvias, sobre todo en los meses de verano. En los períodos de sequía se suelen producir **incendios**, a veces causados de manera natural y otras por el ser humano.
- Las **inundaciones**, causadas por lluvias torrenciales. En nuestra región son poco habituales.
- Las **tempestades**, con fuertes vientos y tornados, o **huracanes**. En la Comunidad de Madrid no suelen producirse.

Las catástrofes meteorológicas en la Comunidad de Madrid perjudican la vida de las personas.

Los incendios forestales se producen generalmente en verano, debido a la sequía..

ANALIZA LOS DATOS

1. Observa el mapa. ¿En qué áreas de la comunidad se da el clima de montaña? ¿Cómo es el clima en el resto de la comunidad?
2. ¿En qué zona climática de la Comunidad de Madrid se sitúa tu localidad?
3. Si vas de Getafe hasta Navacerrada, ¿qué zonas climáticas atravesarás?
4. Consulta en internet o en un periódico el mapa del tiempo de tu comunidad. ¿Qué tiempo hace hoy?
5. ¿Qué tipos de catástrofes pueden producirse en la Comunidad de Madrid?
6. ¿Qué efectos tiene un incendio sobre el entorno y la población?

Islas de la Reina Isabel
Mar de Chukots
Mar de Beaufort
Punta Barrow
Isla Banks
Isla Victoria
Península de Boothia
Tierra de Baffin
Bahía de Baffin
Groenlandia
Mar de Groenland
Estrecho de Dinamarca
Islandia
Círculo Polar Ártico
Estrecho de Bering
Cordillera Brooks
Río Yukón
Alaska
Monte McKinley (6.194 m)
Montes Mackenzie
Cadena Costera
Gran Lago del Oso
Estrecho de Davis
Bahía de Hudson
Mar del Labrador
AMÉRICA DEL NORTE
Mar de Bering
Golfo de Alaska
Islas Aleutianas
Lago Winnipeg
Península del Labrador
Islas Británicas
Irlanda
Gran Bretaña
Isla Vancouver
Lago Superior
Terranova
Canal de la Mancha
Lago Hurón
Mar Cantábrico
Lago Michigan
Montañas Rocosas
Gran Cuenca
Montes Apalaches
Península de Nueva Escocia
Grandes Llanuras
Islas Azores
Península Ibérica
Río Colorado
Río Misisipi
OCÉANO ATLÁNTICO
Estrecho de Gibraltar
Isla Madeira
Río Grande
Sierra Madre Occidental
Sierra Madre Oriental
Península de California
Golfo de California
Península de Florida
Golfo de México
Islas Canarias
Trópico de Cáncer
Mar de los Sargazos
AMÉRICA CENTRAL
Cuba
La Española
Grandes Antillas
Pequeñas Antillas
Península de Yucatán
Islas Hawai
Mar Caribe
Islas Cabo Verde
Río Senegal
Río Volta
Canal de Panamá
Isla Trinidad
Río Orinoco
Golfo de Panamá
Macizo de las Guayanas
OCÉANO PACÍFICO
Ecuador
Islas Galápagos
Isla Marajó
Chimborazo (6.310 m)
Río Amazonas
Llanura Amazónica
Río San Francisco
Polinesia
Cordillera de los Andes
AMÉRICA DEL SUR
Lago Titicaca
Isla Santa Elena
Meseta Brasileña
Desierto de Atacama
Trópico de Capricornio
Islas Pitcairn
Isla Sala y Gómez
Isla de Pascua
Río Paraná
Río Uruguay
Archipiélago Juan Fernández
Aconcagua (6.959 m)
La Pampa
Río de la Plata
Isla Tristán da Cunha
Patagonia
Isla Gough
Isla Chiloé
Península de Valdés
Islas Malvinas o Falkland
Tierra del Fuego
Islas Georgias del Sur
Estrecho de Magallanes
Cabo de Hornos
Islas Sandwich del Sur
Estrecho de Drake
Islas Orcadas del Sur
Islas Shetland del Sur
Círculo Polar Antártico
Península Antártica
Altitud en metros
8.000 m
6.000 m
4.000 m
3.000 m
2.000 m
1.000 m
500 m
200 m
200 m
500 m
1.000 m
2.000 m
3.000 m

ANALIZA LOS DATOS

1. Sitúa en el mapa el Himalaya, la cordillera más elevada del planeta.
2. Busca las llanuras y desiertos de cada continente. ¿Cuál es el más desértico?

Las principales **unidades del relieve** español son:

- La **Meseta**, un terreno elevado y llano, muy antiguo, formado por rocas de granito y pizarra.
- El **Sistema Central**, que atraviesa la Meseta de este a oeste y la divide en submeseta norte y submeseta sur.
- Las **cordilleras que rodean a la Meseta**: Cantábrica, Sistema Ibérico, Montes de León y Sierra Morena.
- Las **unidades exteriores**: Pirineos, cordillera Costera Catalana, Macizo Galaico, y las depresiones del Ebro y del Guadalquivir.

ANALIZA LOS DATOS

1. ¿Qué es una península? ¿Por qué decimos que solo parte del territorio español está en una península?
2. Escribe en tu cuaderno las principales unidades del relieve español.
3. ¿Qué sistema montañoso se halla al norte de la Meseta? ¿Qué cordillera la divide en dos partes?
4. ¿En qué océano o mar se encuentra cada uno de los archipiélagos españoles?

Cantábrico
Cabo de Ajo
Cabo de Matxitxako
Golfo de Vizcaya
Cabo Higer
FRANCIA
Pirineos
ANDORRA
Peña Gorbea (1.482 m)
Aitxuri (1.551 m)
Sierra de Aralar
Sierra de Peña Labra
Sierra de Urbasa
Sierra de Cantabria
Río Ebro
Sierra de Leyre
Monte Perdido (3.355 m)
Aneto (3.404 m)
Cabo de Creus
Sierra del Cadí
Sierra de Guara
Sierra de la Demanda
Sierra del Montsec
Cabo Bagur
Sierra del Montseny
Sistema Ibérico
Picos de Urbión
Moncayo (2.313 m)
Depresión del Ebro
Sierra de Alcubierre
Sierra de Montserrat
Turó de l'Home (1.712 m)
Cordillera Costera Catalana
Duero
Norte
Sierra del Moncayo
Río Ebro
Sierra del Montsant
Sistema Central
Sierra de Ayllón
Sierra de Guadarrama
Peñalara (2.430 m)
Cabo Salou
Golfo de Sant Jordi
Sierra del Maestrazgo
Cabo de Tortosa
I. de Buda
Delta del Ebro
Tajo
Montes Universales
Sierra de Albarracín
Serranía de Cuenca
Sierra de Sant Just
Sierra de Gúdar
Penyagolosa (1.815 m)
Sierra de Javalambre
Sierra d'Espadà
Islas Columbretes
Islas Baleares
Cabo Cavalleria
Cabo Formentor
Bahía d'Alcúdia
Menorca
Puig Major (1.445 m)
Sierra de Tramuntana
Mallorca
Bahía de Palma
I. des Conills
Cabo Salinas
Cabrera
Río Tajo
Submeseta Sur
Río Turia
Sierra de Utiel
Golfo de Valencia
Ibiza
Sierra de la Calderina
Río Guadiana
Río Júcar
Sierra de Enguera
Cabo de Sant Antoni
Cabo de la Nao
Peñón d'Ifac
Formentera
Sierra de Aitana
Sierra de Alcaraz
Sierra Madrona
Sierra Morena
Bañuela (1.323 m)
Sierra de Crevillente
Bahía de Alicante
Cabo de Santa Pola
Sierra de Cazorla
Sierra de Segura
Sagra (2.382 m)
Sierra de Espuña
Río Segura
Cabo Roig
Mar Menor
Sierra de Carrascoy
Sierra de la Almenara
Sierra Mágina
Sistemas Béticos
Subbética
Sierra de Baza
Sierra de las Estancias
Cabo de Palos
Cabo Tiñoso
Golfo de Mazarrón
Cabo Cope
Sierra de los Filabres
Sierra Nevada
Mulhacén (3.479 m)
Sierra de Alhama
Penibética
Sierra de Gádor
Ensenada de Málaga
Punta de Torrox
Cabo Sacratif
Golfo de Almería
Cabo de Gata
Mar Mediterráneo
I. de Alborán
Peñón de Alhucemas
Punta de Rostrogordo
Melilla
ARGELIA
N
S
E
O
ESCALA
0
50
100
150 km
División administrativa
Límites internacionales
Límites autonómicos
Límites provinciales
Altitud en metros
2.000
1.500
1.000
700
400
200
0

El relieve de la Comunidad de Madrid

En la Comunidad de Madrid existen **tres formas de relieve**:

- **Montañas.** Las sierras madrileñas pertenecen al Sistema Central. La sierra de Somosierra se sitúa al norte de la comunidad; la de Guadarrama, al oeste; y la de Gredos, al suroeste.
- **Llanuras.** Se hallan en el centro y ocupan la mayoría de la comunidad, donde se extienden páramos, terrenos llanos con poca vegetación, y campiñas, suelos fértiles usados para agricultura.
- **Valles o vegas.** Se localizan al sur. Por ellas circulan los principales ríos de la comunidad, como el Tajo, el Jarama y el Tajuña. Son suelos fértiles dedicados a la agricultura.

Montañas

En las **montañas madrileñas** el paisaje está compuesto de robles y pinos. Las sierras de Somosierra y Guadarrama, al norte, tienen las montañas más altas.

Llanuras

En los **páramos**, como el de Campo Real y el de Santorcaz, se da poca vegetación, mientras que en las **campiñas** sí existen campos de cultivo. Son las zonas más pobladas.

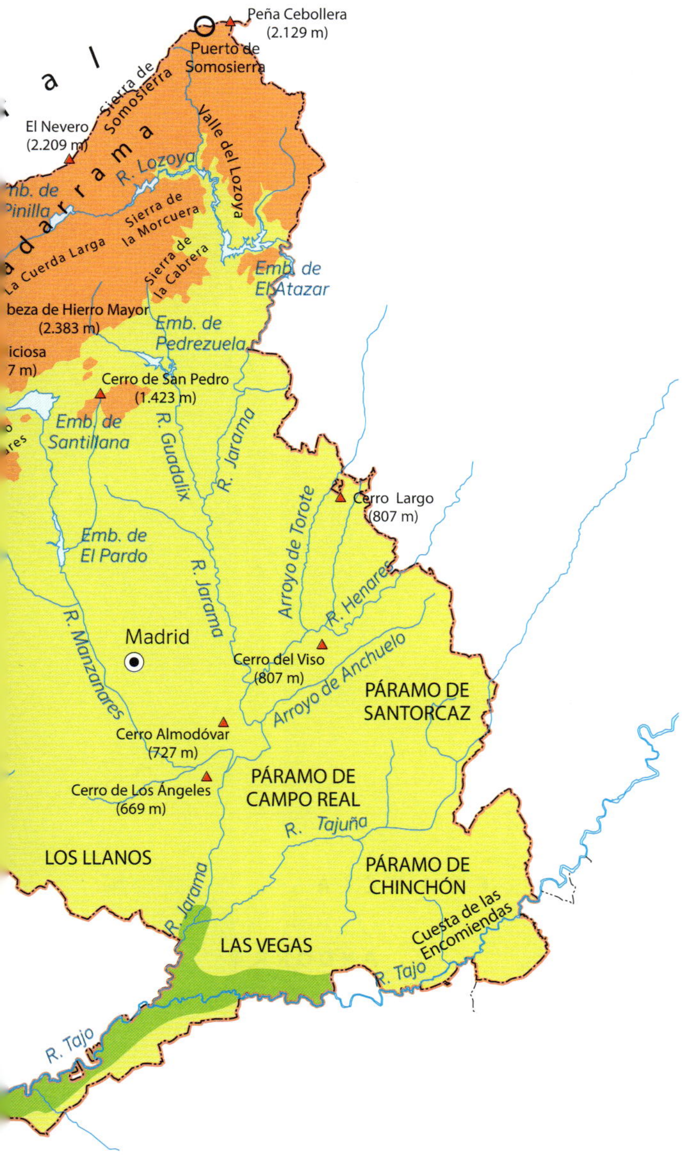

Valles o vegas

Las **vegas** o valles se sitúan junto a los ríos, y en ellos se desarrolla la agricultura. Destacan la vega del río Jarama en Aranjuez, así como la vega del río Tajuña.

ANALIZA LOS DATOS

1. ¿A qué paisaje típico de la comunidad corresponden estas fotos?

2. Busca en el mapa los picos más elevados y escríbelos por orden de altitud en tu cuaderno. ¿En cuál hará más frío? ¿Por qué?

3. Observa el mapa y responde en tu cuaderno a las siguientes cuestiones.
   a. Cita los nombres de tres ríos madrileños.
   b. Enumera las sierras de la Comunidad de Madrid.
   c. Escribe el nombre de las comarcas madrileñas.

4. ¿A qué zona de relieve de la comunidad pertenece tu localidad?

Las rocas en nuestro territorio

En España hay varios **tipos de roca**, localizadas en distintos lugares.

- Las **tierras arcillosas** son rocas blandas. Por eso la erosión de los ríos forma anchos valles sobre ellas. Se localizan en gran parte de la Meseta, así como en las depresiones del Ebro y del Guadalquivir.
- Las **tierras calizas** están asociadas a áreas montañosas levantadas en época geológica reciente. Esto hace que suelan aparecer en forma de crestas poco erosionadas. Se extienden por parte de los Pirineos, la zona oriental de la cordillera Cantábrica y los sistemas Ibérico y Bético.
- Las **tierras silíceas** se componen de un tipo de roca muy antigua, formada por la unión del granito y la pizarra. Presenta formas redondeadas debido a la erosión que ha sufrido. Se sitúan en el Sistema Central, Extremadura, León y Galicia.
- Las **rocas volcánicas**, formadas por enfriamiento de la lava. Se localizan en las Islas Canarias.

LOS MINERALES Y LAS ROCAS MÁS ABUNDANTES EN ESPAÑA

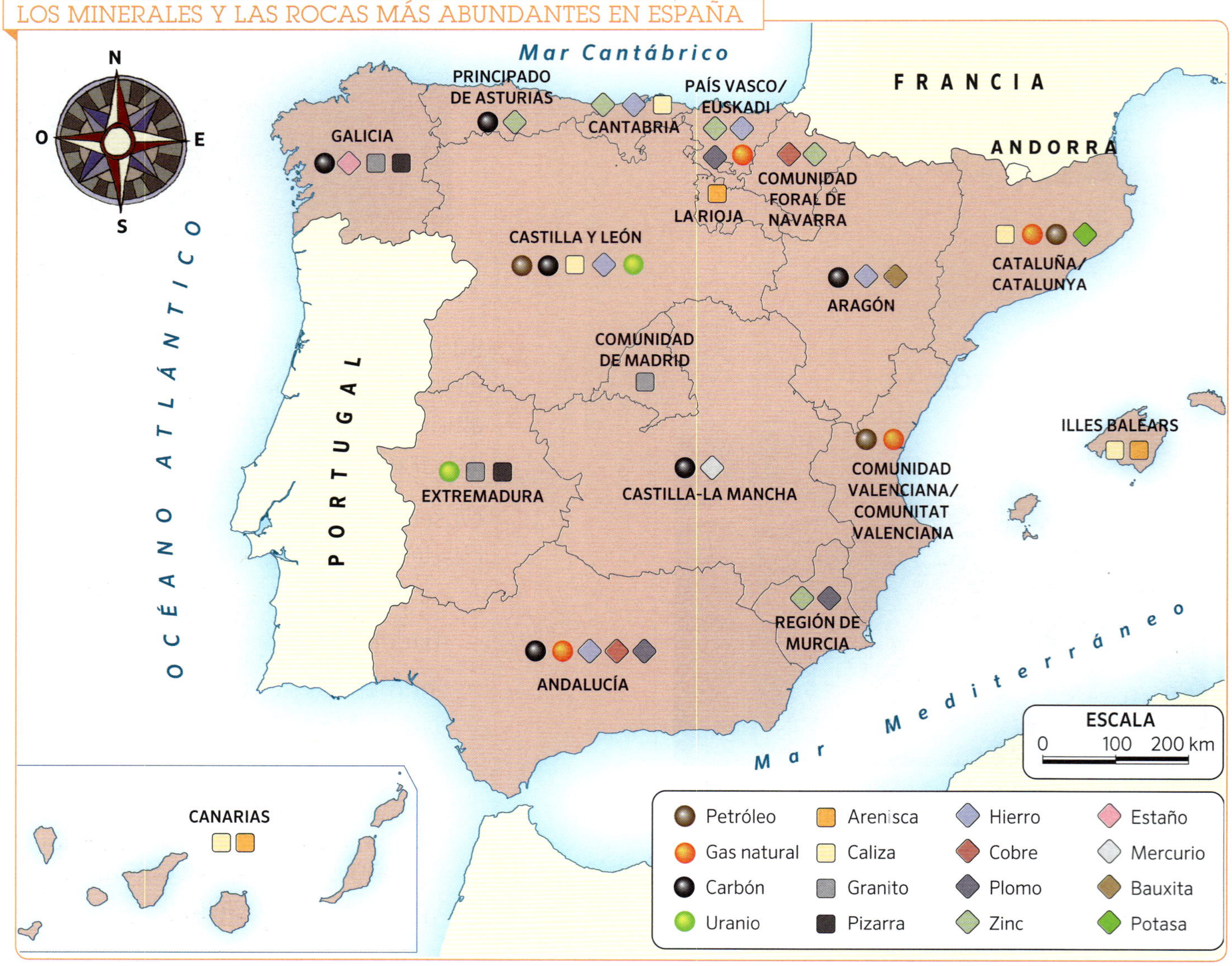

La erosión y la sedimentación de las rocas

Las partículas que arrastra el **viento** golpean la roca y arrancan fragmentos. Si la roca es dura, surgen formas curiosas.

La enorme fuerza de las **olas marinas** es capaz de romper las rocas de los acantilados y formar cortados y salientes.

En los **ríos**, la **erosión** desprende **fragmentos de roca**. Los más grandes y pesados se depositan cerca del lugar donde fueron arrancados.

Sin embargo, las **partículas finas** son transportadas y depositadas más lejos, en los **meandros** del curso medio de los ríos. Estas partículas también llegan a los **deltas** de las desembocaduras.

El agua de las olas también erosiona. Los sedimentos se depositan en el **fondo del mar** o forman **playas** de arena en la costa. Por su parte, las **dunas** son acumulaciones de arena transportada y depositada por el viento en tierra firme.

ANALIZA LOS DATOS

1. Copia las siguientes frases en tu cuaderno y rellena los espacios.
   - La ◆◆◆ es el desgaste que sufren las rocas por acción del ◆◆◆ y del agua.
   - En la erosión, las partículas finas de roca se ◆◆◆, se transportan y se ◆◆◆ más lejos.
2. ¿Por qué en algunas rocas erosionadas por el viento o el agua se producen formas curiosas?
3. ¿Qué agente provoca cada tipo de sedimentación? Une las cajas en tu cuaderno.

   mar | viento | río

   delta | playa | dunas
4. Fíjate en el mapa y escribe en tu cuaderno qué tipo de roca predomina en tu comunidad y qué minerales son más abundantes.

El agua en la Comunidad de Madrid

El agua en la comunidad se halla en ríos, manantiales, lagos y embalses:

- Los **ríos** son corrientes de agua que van a parar al mar, a un lago o a otro sitio.
- Los **lagos** son extensiones naturales de agua dulce. Cuando son pequeños se llaman **lagunas**.
- Los **manantiales** son fuentes naturales de agua que surgen de la tierra o entre las rocas.
- Los **embalses** son acumulaciones de agua creadas por el ser hombre, que son aprovechadas para diferentes usos: riego, agua potable u obtención de energía eléctrica.

RÍOS Y EMBALSES DE NUESTRA COMUNIDAD

Ríos

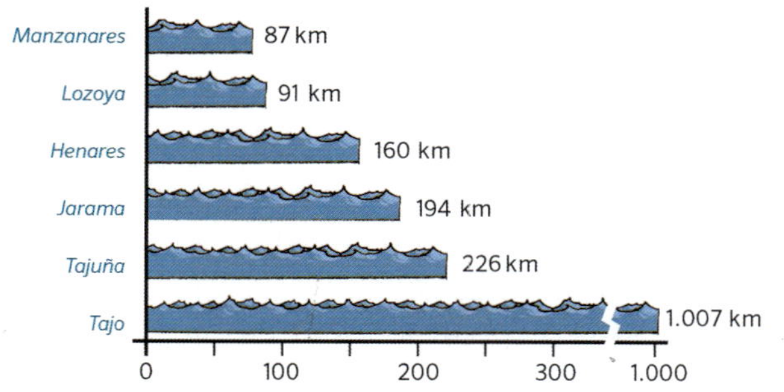

Los ríos madrileños son **cortos**, **poco caudalosos** e **irregulares**. La mayoría nace en el Sistema Central y atraviesa la comunidad hasta desembocar en el **Tajo**. Forman parte, por tanto, de la **vertiente atlántica**.

Lagos y lagunas

Las lagunas existen en la **zona de montaña** y en la llanura.
En la sierra de **Guadarrama** están las pequeñas lagunas de **Peñalara**. En la llanura se sitúa la de San Juan.

Manantiales y cascadas

Los manantiales se originan por la filtración de agua, de lluvia o de nieve, que penetra en un área y emerge en otra de menor altitud. Si la caída es de mucha altura y muy pronunciada, se suele llamar cascada. Un ejemplo de ello es la cascada **Chorrera de los Litueros**.

Embalses

Los embalses permiten acumular el agua excedente de las lluvias. Este del Atazar es el mayor de la comunidad. Por su enorme tamaño es llamado el "mar de Madrid". Se halla en la **sierra norte**. Existen otros como **Valmayor** y **Santillana**.

ANALIZA LOS DATOS

1. Fíjate en el gráfico de la página anterior. ¿Qué ríos aparecen? ¿Cuál es el más largo de todos ellos? ¿Y el más corto?
2. Observa el mapa. ¿Cuántos embalses hay?
3. ¿Dónde se sitúan? ¿Qué embalses sobresalen? ¿Hay alguno en tu localidad?
4. Fíjate en el mapa. ¿Qué ríos aparecen? ¿A qué vertiente pertenecen?
5. ¿Qué son los manantiales y las cascadas? ¿Conoces algunos?
6. ¿Qué son los lagos y las lagunas? ¿Cuáles destacan?

La Prehistoria en la península Ibérica

En la península Ibérica se conservan muchos yacimientos prehistóricos.

- Del **Paleolítico**, el **yacimiento** más completo está en **Atapuerca**, en Burgos. De ese período son también las **pinturas rupestres** de **Altamira**, en Cantabria, que se encuentran entre las más antiguas de la humanidad.
- Del **Neolítico** se han hallado numerosos restos de cerámica decorada con marcas de concha de molusco.
- La **Edad de los Metales** está representada por la **Cultura de Los Millares** y la de **El Argar**, ambas en Almería. En las dos se desarrolló una arquitectura megalítica.

ANALIZA LOS DATOS

1. Fíjate en el mapa y nombra las cuevas donde se ha encontrado arte rupestre.
2. Busca información acerca de las culturas de Los Millares y El Argar. ¿Dónde se han hallado restos? ¿Cómo eran los poblados? ¿Qué instrumentos fabricaban?
3. ¿Hay algún yacimiento prehistórico cerca de tu localidad? ¿Y en tu comunidad autónoma?

Cultura de las Cogotas. Edad de los Metales. Verraco de piedra.

Cultura guanche. Jarro de ordeño.

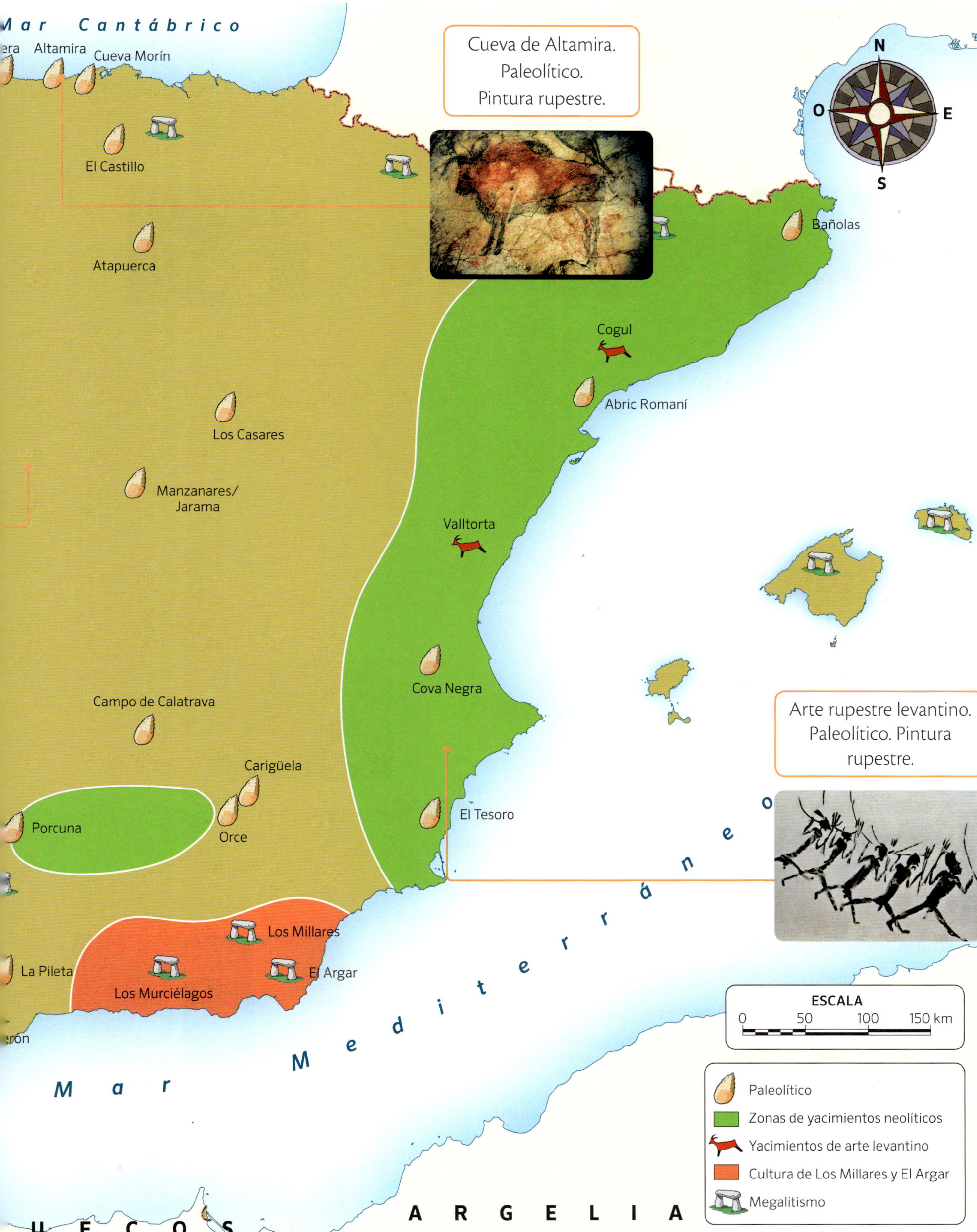
Mar Cantábrico
Altamira
Cueva Morín
El Castillo
Atapuerca
Los Casares
Manzanares/ Jarama
Campo de Calatrava
Carigüela
Orce
Porcuna
La Pileta
Los Millares
El Argar
Los Murciélagos
Bañolas
Cogul
Abric Romaní
Valltorta
Cova Negra
El Tesoro
Cueva de Altamira. Paleolítico. Pintura rupestre.
Arte rupestre levantino. Paleolítico. Pintura rupestre.
N
O
E
S
Mar Mediterráneo
ARGELIA
ESCALA
0 50 100 150 km
Paleolítico
Zonas de yacimientos neolíticos
Yacimientos de arte levantino
Cultura de Los Millares y El Argar
Megalitismo

El mundo en la Antigüedad

Las primeras civilizaciones

A finales del Neolítico las ciudades crecieron y surgieron las **grandes civilizaciones**. Su territorio se encontraba, generalmente, cerca de grandes ríos, como el **Nilo** en el caso de la civilización egipcia o el **Indo** en la cultura india.

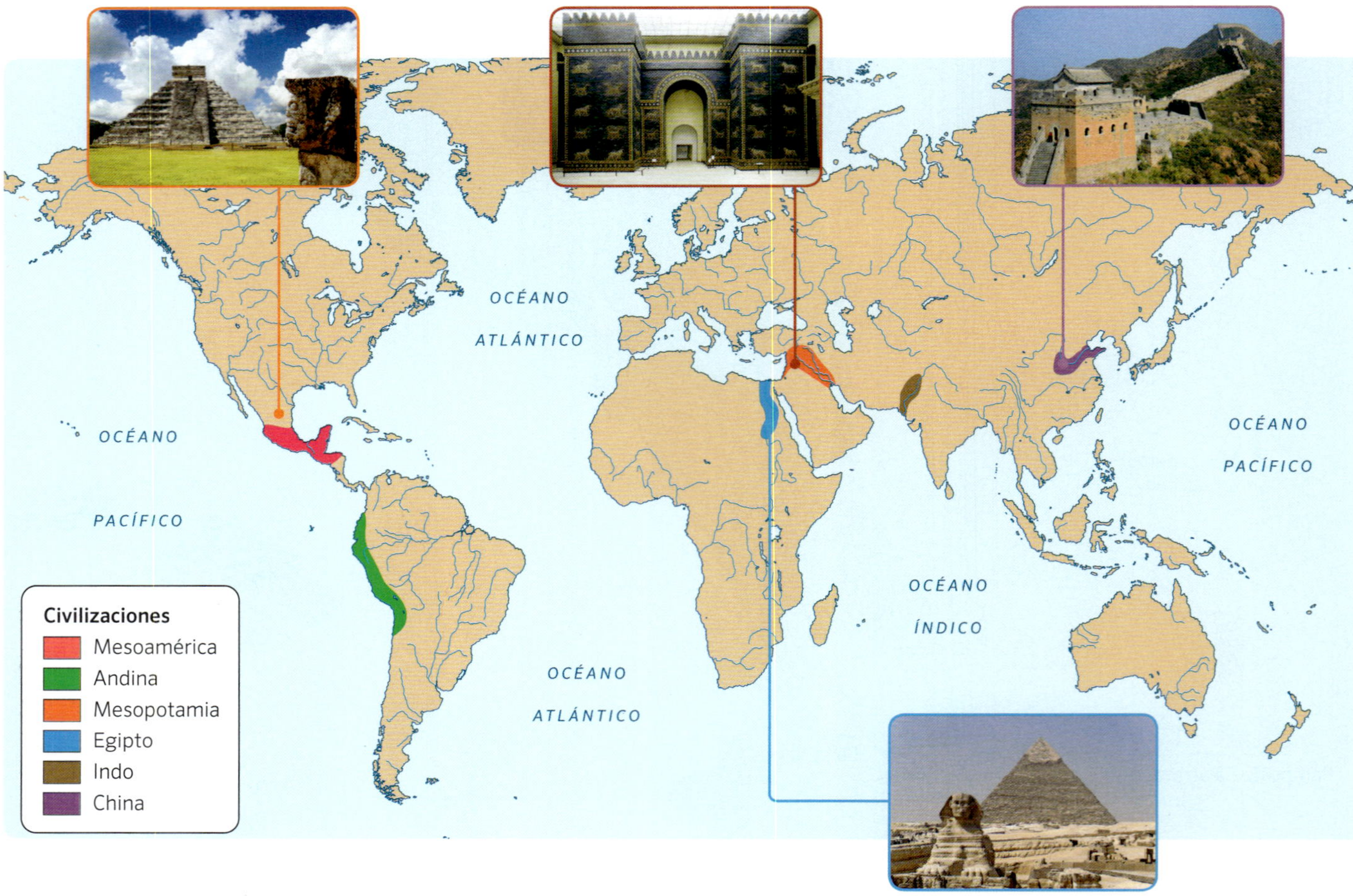

Los pueblos prerromanos en la península Ibérica

Los pueblos que habitaban el territorio de Hispania antes de la llegada de los romanos pueden agruparse en tres grandes áreas:

- **Pueblos del norte**, entre los que cabe destacar a galaicos, astures, cántabros y vascones. El origen de este último pueblo es incierto y no parece estar relacionado con los anteriores.
- **Celtíberos**, que se extendían por una franja de territorios que iba desde el Pirineo central hasta gran parte del litoral atlántico, atravesando el centro peninsular.
- **Iberos**, que se extendían por el sureste y este peninsular.

Además, en el valle y la desembocadura del río Guadalquivir surgió la **cultura tartésica**. Su economía se basaba en la agricultura y la ganadería, pero sobre todo en el comercio de los minerales, que eran muy abundantes en su territorio.

Argantonio, rey de Tartesos.

LOS PUEBLOS PRERROMANOS

ANALIZA LOS DATOS

1. ¿Cómo surgieron las primeras civilizaciones? ¿Por qué solían situarse junto a los grandes ríos?

2. Fíjate en el mapa de la página anterior y escribe el nombre de las primeras civilizaciones.

3. Localiza en el mapa la civilización egipcia. ¿Cómo se llama el río que se relaciona con esta civilización?

4. ¿En qué parte de la península Ibérica habitaban los iberos? Cita algún pueblo de esta cultura.

5. Copia la siguiente tabla en tu cuaderno y complétala.

Pueblo	Área donde se situaba
astures	pueblos del norte
vetones	◆◆◆
lusitanos	◆◆◆
turdetanos	◆◆◆

La romanización de Hispania

La abundancia de **materias primas** y de tierras para repartir hizo que la expansión se convirtiera en una prioridad para Roma. La **conquista** de la península Ibérica comenzó en el año 218 a. C.

La **romanización** supuso el desarrollo del sistema urbano y de las vías de comunicación, además de la llegada de la cultura romana. Roma organizó el territorio peninsular en provincias.

ANALIZA LOS DATOS

1. Explica brevemente qué fue el Imperio romano y cuáles eran sus principales características
2. ¿Por qué se parecen la mayoría de los idiomas españoles al latín?
3. Escribe el nombre de las provincias romanas. ¿En cuál de ellas se encuentra tu localidad?
4. ¿Conoces algún resto de construcción romana? Escribe su nombre y describe cómo es y dónde se halla situado.
5. ¿Por qué fueron tan importantes las vías romanas?

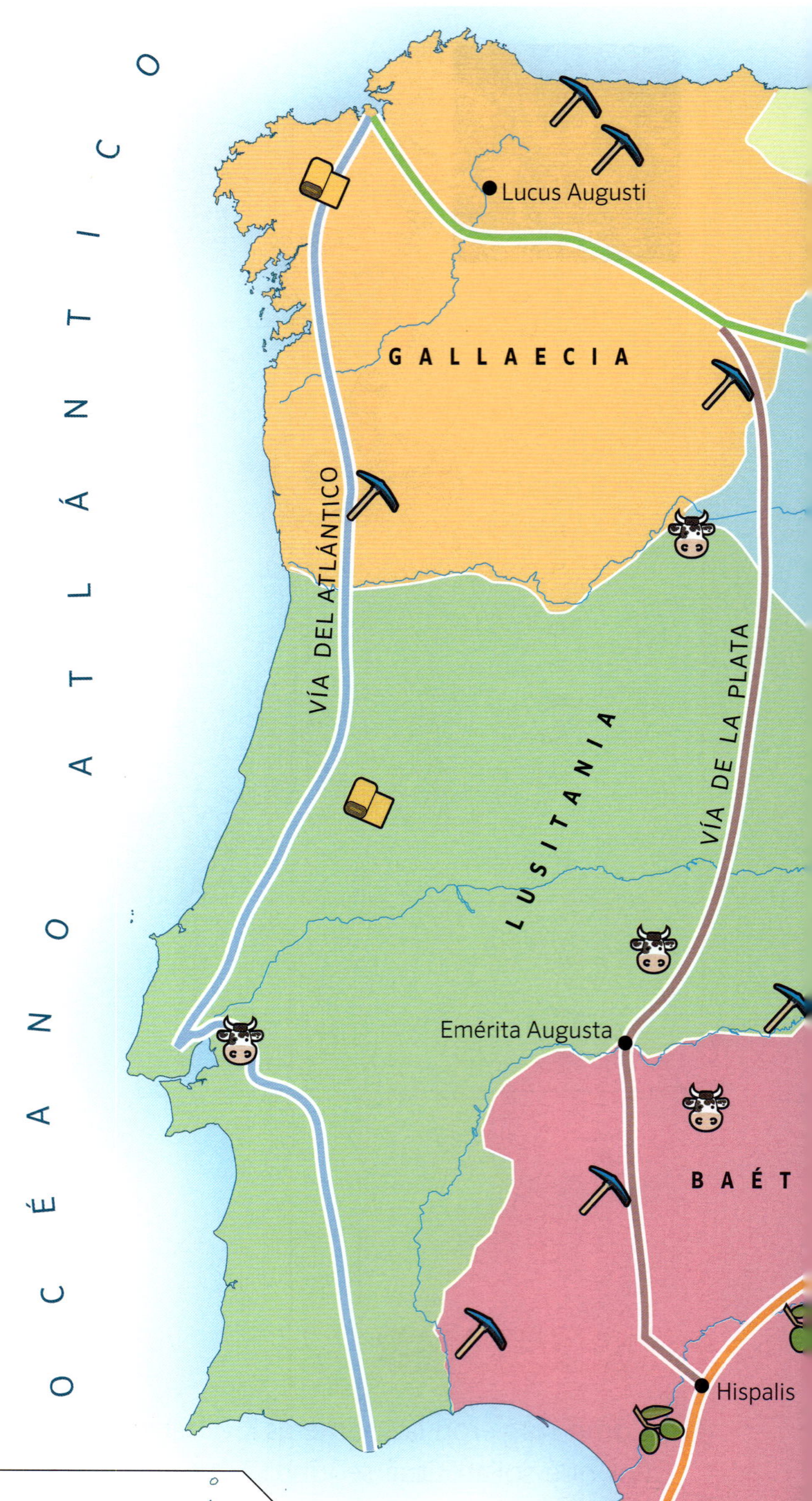

Mar Cantábrico
N
O
E
S
TARRACONENSIS
VÍA DEL NORTE
Tarraco
CARTAGINENSIS
VÍA HERCÚLEA O AUGUSTA
Cartago Nova
Mar Mediterráneo
ESCALA
0
50
100
150 km
Telas
Aceite
Vino
Ganadería
Cereales
Yacimientos mineros
Fábricas de salazón
Capitales de provincia

Restos prehistóricos

Los restos más antiguos de presencia humana en la Comunidad de Madrid tienen más de 300 000 años y se encontraron junto al río Manzanares.

Sin embargo, en la comunidad no hay demasiados vestigios del **Paleolítico**, pues el clima era bueno y los hombres no se protegían en cuevas, sino que vivían al aire libre o en campamentos nómadas.

Por ello, es difícil encontrar muchos restos agrupados en un mismo lugar. Solo se han hallado pinturas rupestres de animales y figuras humanas en la cueva del Reguerillo (Patones).

Existen además restos de cerámicas del **Neolítico**, megalitos y piezas de la **Edad de los Metales**.

Los **dólmenes** eran construcciones prehistóricas en las que se enterraba a las personas con sus objetos valiosos. En la sierra de Guadarrama se han hallado muchos ejemplos.

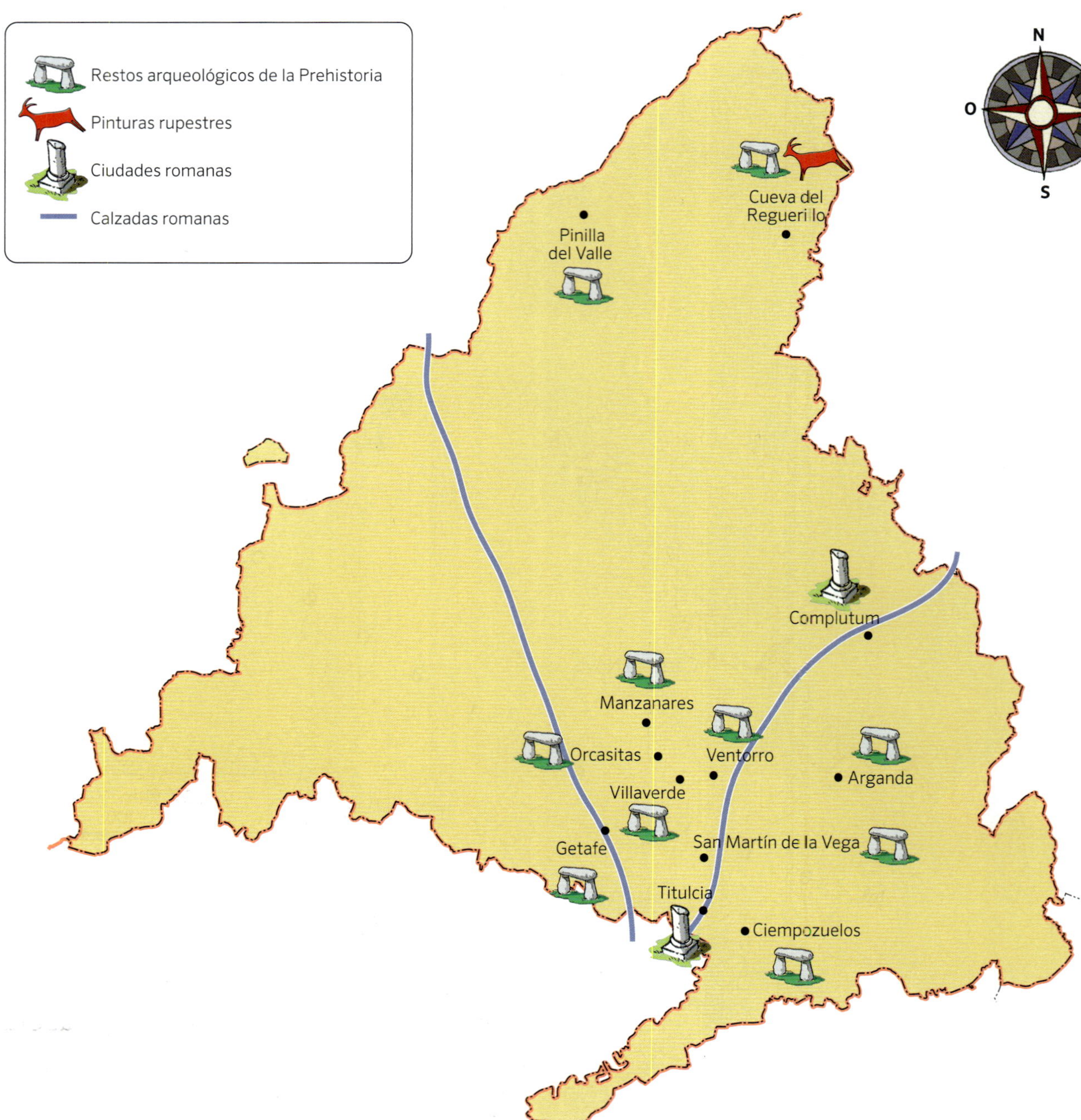

La romanización

Los **romanos** llegaron a las tierras de la comunidad hace 2000 años, y los territorios de Madrid pasaron a formar parte de la provincia Tarraconense. Aquí fundaron **ciudades** sobre poblados celtíberos, como Complutum, el origen de la actual Alcalá de Henares.

También destacaron las ciudades romanas de Carabanchel y Villaverde, situadas cerca de zonas fértiles, a orillas del **río Manzanares.** En ellas se conservan importantes **restos arqueológicos**.

El Museo Arqueológico Nacional, en la ciudad de Madrid, y el Museo Arqueológico Regional, en Alcalá de Henares, nos permiten conocer cómo fueron los comienzos de la Historia en la comunidad.

De los romanos conservamos restos como este mosaico encontrado en una casa de Alcalá de Henares.

ANALIZA LOS DATOS

1. Define y relaciona cada elemento con el período de la Prehistoria en que fue inventado.

   Paleolítico — pintura rupestre

   Neolítico — torno

   Edad de los Metales — muralla

2. Copia el mapa y rodea los yacimientos prehistóricos. ¿Por qué se conservan pocas pinturas rupestres?

3. ¿Cuándo llegaron los romanos a las tierras madrileñas? ¿Qué ciudades actuales fundaron?

4. Investiga sobre un resto romano que se conserve en la Comunidad de Madrid y elabora una ficha. Entre todos, preparad vuestros propios murales arqueológicos.

El libro **Ciencias Sociales para 4º de Primaria** forma parte del Proyecto Editorial de Educación Primaria de SM.
En su realización ha participado el siguiente equipo:

Autoría
Sara Martín, Ezequiel Parra, José Luis Pérez Bravo, Equipo editorial SM
Manuel Mesegar (comprensión lectora)

Edición
Alicia Gallego, Miguel García, Rafael Lidó, Genoveva López, Alfredo de la Mata, María José Rodríguez Barea
Rinoceronte Servizos Editoriais

Asesoría en comprensión lectora
Pilar Pérez

Corrección
Jaime Garcimartín, José Manuel González

Ilustración
Felipe López Salan; El Bello Quebrado / Pelorroto; Ricardo Salas Loizaga; Alejandro Mesa (cubierta)
GlezBros; Jesús Aguado Gutiérrez; Shutterstock; Juan Antonio Rocafort Huerta; Luján Fernández; NASA; Santiago Alberto Moralejo; Suri; Escletxa; Pedro Rodríguez Rodríguez; Alberto Pieruz Quintana; José Santos Gonzalez; Ariel Alejandro Gómez; Chema Fernández Román; Archivo SM

Fotografía
Sonsoles Prada, Javier Calbet, Fidel Puerta, José Vicente Resino Ramos, José Manuel Navia, Sergio Cuesta / Archivo SM; María Galán Ventosinos; El Bello Quebrado / Pelorroto; Olimpia Torres; Pedro Carrion Juarez; Carlos Roca Vidal; Peter Rey, Universidad de Birmingham/ BBC, NASA; GLOW IMAGES / QUICK IMAGE STOCK, S.L.; JVT / iStock; CONTACTO; EFE; SCALA; Oronoz;PAISAJES ESPAÑOLES; PRISMA; Digital Vision; Photodisc; PHOTOALTO; Phovoir; MUSEO ARQUEOLÓGICO NACIONAL; Ingimage;Thinkstock; Dreamstime; 123RF; Shutterstock; MUSEO CANARIO; Getty Images; NASA; Age Fotostock; ALBUM; ARCHIVO SM

Edición gráfica
María Pía Hidalgo

Diseño de cubierta e interiores
Estudio SM

Coordinación editorial de Humanidades
Belén Carneros

Coordinación transversal del proyecto:
Nuria Corredera, Mara Mañas, Antonio de Pedro y Nuria Vallina

Dirección de Arte del proyecto
Mario Dequel

Dirección editorial
Aída Moya

Todas las actividades contenidas en este libro han de ser realizadas en un cuaderno aparte, nunca en el propio libro.
Los espacios incluidos son meramente indicativos y su finalidad es puramente didáctica.

Uso del lenguaje inclusivo de género
En SM utilizamos el masculino genérico, según las directrices académicas establecidas, para evitar textos excesivamente artificiosos y difíciles de entender. Con el fin de agilizar la lectura, utilizamos nombres de género común, y recurrimos a la duplicidad masculino/femenino cuando pueda producirse ambigüedad en el mensaje. En cualquier caso, equilibramos el uso de ambos géneros y evitamos estereotipos.
Así mismo, siguiendo la orientación de Ana López-Navajas, experta en igualdad de género, en Más Savia damos visibilidad a las mujeres desde diferentes perspectivas: ofrecemos una imagen ajustada y equitativa de todas las áreas del saber para construir un recorrido histórico sin sesgo de género, ofreciendo modelos históricos y culturales femeninos para transmitir una cultura participada por ambos sexos; identificamos el papel, impulsor de progreso social, que han tenido las mujeres anónimas en la intrahistoria; y ofrecemos referentes profesionales y experiencias vitales que rompen con una visión limitada de las vocaciones, aficiones y sensibilidades al no asociarlas con un género concreto.

Gestión de las direcciones electrónicas
Debido a la naturaleza dinámica de internet, SM no puede responsabilizarse de los cambios o las modificaciones en las direcciones y los contenidos de los sitios web a los que remite en este libro.

Con el objeto de garantizar la adecuación de las direcciones electrónicas de esta publicación, SM emplea un sistema de gestión que redirecciona las URL que con fines educativos aparecen en la misma hacia diversas páginas web; entre otras de uso frecuente: http://es.wikipedia.org, www.youtube.es. SM declina cualquier responsabilidad por los contenidos o la información que pudieran albergar, sin perjuicio de adoptar de forma inmediata las medidas necesarias para evitar el acceso desde las URL de esta publicación a dichas páginas web en cuanto tenga constancia de que pudieran alojar contenidos ilícitos o inapropiados. Para garantizar este sistema de control es recomendable que el profesorado compruebe con antelación las direcciones relacionadas y que comunique a la editorial cualquier incidencia a través del correo electrónico ediciones@grupo-sm.com.

ISBN: 978-84-9182-232-5
Depósito legal: M-12557-2019
Impreso en la UE / *Printed in EU*

Este libro está impreso en papel procedente de bosques gestionados de manera sostenible.